Daniela Emminger

GEMISCHTER SATZ

Novelle

GEGRÜNDET
1999

Ich kann nicht weitermachen,
ich werde weitermachen.

(Samuel Beckett)

[Gemischter Satz: bezeichnet einen Wein, der sich aus unterschiedlichen Rebsorten aus einem Weingarten zusammensetzt. Im Gegensatz zur Cuvée werden hier mehrere Rebsorten zusammen angebaut und nach der gemeinsamen Lese auch gemeinsam gekeltert. Ursprüngliches Ziel war es, durch die unterschiedlichen Reife- und Säuregrade eine gleichbleibende Weinqualität zu sichern. Der nette Nebeneffekt, eine deutlich erhöhte Vielschichtigkeit des Endproduktes, hat sich mehr oder weniger zufällig ergeben. Österreich darf als einziges EU-Land Weinflaschen mit der Bezeichnung »Gemischter Satz« versehen.]

Ein gemischter Satz setzt sich aber auch aus verschiedenen Satzbausteinen wie Subjekt, Prädikat und Objekt zusammen, die je nach Zweck, Gefühl und Laune miteinander kombiniert werden können.

Prolog.

Haben Sie schon einmal mit jemandem per Buch Schluss gemacht? Nein? Ich auch nicht. Aber es gibt bekanntlich für alles ein erstes Mal, wir lernen ja nie aus. Vielleicht handelt es sich in diesem Fall um meines.

Martin Muli, ein Freund von mir, der lieber Mäusespeck isst, als ich Hasen häute, hat mir einen Sweater aus Paris mitgebracht. Die Aufschrift ist wenig erbaulich: *True love lies, awake at night.* Wenn dem so ist, weiß ich endlich, warum ich in den letzten (verflixten) zweieinhalb Jahren so oft nicht einschlafen konnte, nächtelang wach lag oder überhaupt nur noch am Schlafen war. Rocko Schamoni sang gestern im Radio: *Leben heißt sterben lernen, Lieben heißt leben lernen.* Auch das trifft mich und auf mich zu. Genau wie die Aussage – aller guten Dinge sind –, die erst kürzlich auf einem Plakat in Berlin zu lesen war: *Fuck me like the whore I am.* Nicht, dass ich eine Hure wäre, aber eine Hurerei ist es schon, das Leben, und gefickt fühlt man sich mitunter auch. Bleibt schließlich noch ein verwaschenes Fan-T-Shirt von den Toten Hosen, das sich im Eigentum jenes Mannes befindet, um den es hier mitunter gehen soll, auf dem steht: *Ficken, Bumsen, Blasen.* Es ist der Untergang.

Sie merken schon, ein normales Buch wird das nicht. Aber da ich Sie das jetzt schon wissen lasse, spare ich Ihnen vielleicht Ihre kostbare Zeit und mir meine Worte, die schließlich irgendwo ankommen wollen. Es reicht mir wieder einmal mit meinen Altlasten und den Erfahrungen, die das Leben so mit sich bringt. Ich habe nichts zu verlieren, ich weiß nicht mehr, wer ich bin, und ich weiß nicht mehr, wer ich sein möchte. Ich weiß überhaupt nichts mehr, kann den Nebel, der mich umgibt, nicht benennen, ihm keinen Namen geben und mir damit auch nicht. Tolle Voraussetzungen, nicht wahr, doch weil ich nicht vorhabe, wie die sechzehnjährige Tochter einer Therapeutin, die ich selbstverständlich nur vom Hörensagen kenne, Hand in Hand mit meinem Freund von der Brigittenauer Brücke in die Donau zu springen, fahre ich lieber nicht händchenhaltend mit dem Zug zwischen Oberösterreich und Wien hin und her, mal dem einen, mal dem anderen Bundesland davon, zumal es keinen Freund mehr gibt.

Ich bleibe in Bewegung, meine Gedanken und meine Füße bewegen sich, bewegen mich, und solange man sich bewegt, ist noch alles in Ordnung, solange man sich bewegt, ist es noch nicht zu spät. Mein Gott, klingt das schon wieder negativ.

Ich bin gerade richtig schön in Fahrt. Mein Pulsschlag beläuft sich auf geschätzte hundertachtzig, und würde ich nicht in einem definitiv zu vollen Zugabteil sitzen, ich liefe wie ein Kaspar Hauser, nackt, lauthals drauflosschreiend, durch den Wald oder schlüge wie eine sinnesentrückte Rentnerin an der Supermarktkasse mit den Krückstöcken auf die Süßigkeitenregale ein, bis die weiß gekleideten Krankenpfleger und der Bus mit den eckigen Rädern kämen, um mich schneller abzutransportieren, als ich bis drei zählen könnte. Und ich kann schnell bis drei zählen: eins, zwei, drei.

Mein Freund hat mich verlassen. Ein nicht ganz unwesentliches Detail für den Umstand, der ein Zustand ist, dass ich nunmehr proseccobewaffnet, kettenrauchend und namenlos im ehemaligen Fremdenzimmer meines Elternhauses sitze, einen verschlissenen Pyjama aus den Achtzigerjahren trage und in ein Dorf by night blicke, das über derlei beliebte Ansichtskarten nicht verfügt, vielleicht ja eine Marktnische, lieber Herr Bürgermeister.

Meine Nummer sieben hat mich verlassen – eine Aussage, die nur teilweise stimmt, weil wer wen verlässt, ist immer so eine Sache, weniger des verletzten Stolzes oder der hohen Rösser als vielmehr der Wahrnehmungsperspektive. Mein Freund hat mich verlassen, zum dritten Mal erwähne ich das jetzt, aber in so einer Situation kann man sich das gar nicht oft genug sagen, am besten laut, vor einem Spiegel stehend, damit man es auch kapiert.

Es geht mir gut, liebe Softdrinkerzeuger, obwohl sich die Dinge ehrlich gesagt momentan nicht gerade einfach gestalten, alleine am Flughafen, in der Damenumkleide und beim Geschäfteverlassen beispielsweise, wo immer gleich alles piepst, und ich spreche hier nicht einmal von entwendeten Suppennudeln oder mitgebrachten Intimpiercings und Äxten, sogar die BH-Bügel, Schuhabsätze und Haarklammern machen sich bemerkbar, wie sich früher oder später alles bemerkbar macht, und zwar in sämtlicher Hinsicht.

Und doch, es ist alles in Ordnung, liebe Leser, bitte glauben Sie mir das, ich glaube mir das nämlich nicht, weil es keinen Ausschaltknopf gibt für die Bildung endloser Gedankenschnüre im Kopf, für schlaflose Nächte, weil sich Verlangen nach mehr einstellt, wenn man erst einmal angefangen hat, über den eigenen Tellerrand hinauszublicken, wenn man erst einmal auf den Geschmack gekommen ist und in Haubenlokalen speist, interessante Menschen kennenlernt – Sektenmitglieder, Prominente, Obdachlose zum Beispiel – oder andere Zustände, die das Leben so spielt, wie Verlust und Trauer. Oder eben eine Liebe, die so groß ist, dass man darin seinen Platz nicht findet.

Ich arbeite seit Jahren und arbeite seit Jahren an der Frage, ob ein Handwerksberuf auf Dauer nicht einem Hirnwichsberuf vorzuziehen ist, der Zufriedenheit wegen, damit man sich zur Abwechslung wieder einmal selber spürt und weniger Zeit hat, sich Probleme zu machen, die eigentlich gar keine sind, einfach, weil man sich gar nicht mehr vorstellen kann, ohne Probleme zu leben, blödes Generationsphänomen, oder war die Gesellschaft auch früher schon depressiv, nisteten sich neben Läusen und Wanzen auch damals schon Kopfgeburten und Nebelschwaden und schwarze Löcher in den gepuderten Perücken ein, hat nicht jede Zeit ihre Krankheiten, krankt nicht jede Zeit auf ihre Art und Weise.

Ich will jedenfalls schnellstmöglich wieder in eine Form, eine Farbe, in einen Gefühlszustand und einen Namen, will am Morgen aufwachen und mich auf den Tag freuen und das Gras wachsen hören und die selbst gezogenen Tomaten und Salatgurken ernten – mehr noch als Erfolge und Einsichten –, und wenn das bedeutet, dass einer nicht mehr dazugehört, dass es für einen, der auch ich war, in diesem neuen Leben keinen Platz mehr gibt, dann ist das ein Verlust, der nicht zu ändern ist, der akzeptiert werden muss.

Was wissen wir schon, ich meine, was wissen Sie schon von mir und meinen Wertvorstellungen und Weltanschauungen? Was wissen Sie von einem Leben, das nicht Ihres ist, konzentrieren Sie sich doch bitte auf Ihr eigenes, kehren Sie Ihren Dreck zusammen und Sie werden Dinge entdecken, die dem, was in der Nachbarschaft, hinter fremden Zäunen, Hecken und Fenstern, in Zeitungen und Seifenopern vor sich geht, in nichts an Schrecken und Handlungsbedarf nachstehen. Jeder Mensch steckt im Dreck. Jeder Mensch hat Dreck am Stecken. Jeder Mensch verfügt über weniger attraktive Seiten. Jeder Mensch sollte sich um seine eigenen Defizite und Bösartigkeiten kümmern und nicht defizitär, bösartig, generalisierend in alle Richtungen spritzen, wie auch ich gerade eine Giftspritze bin oder wieder ein anderer auf das zellophanierte Foto eines Supermodels spritzt, das nicht Anja heißt, oder vielleicht doch.

Der Wald lichtet sich nicht. Ich hacke seit Jahren Holz und würde lieber Blutwürste füllen. Ich sitze tagein, tagaus telefon- und computer(fern)gesteuert in einem Büro und würde mich viel lieber in einer Eremitenhöhle in China verkriechen. Ich höre tagtäglich die Alarmglocken läuten und stelle mich taub. Und genau das macht einen auf Dauer wahnsinnig, wahnsinnig und unberechenbar. Da sagen wir doch in der Sekunde ganz laut stopp!, was einem auch Ärzte bei einer Panikattacke empfehlen. Da erlauben wir uns doch auf der Stelle, ganz neu anzufangen, von vorne zu beginnen, warum auch nicht, es reicht doch, einen Fehler einmal zu machen, es muss doch nicht sein, einen Fehler ein zweites Mal zu begehen, wir können doch bis drei zählen.

In einem Anfang liegen, trotz der zwangsläufigen Anstrengungen, die damit verbunden sind, trotz der alten Hosen, die man voll hat, die man vollgeschissen hat, die es abzulegen gilt, auszuwaschen, auch ein Zauber und eine Kraft, die die Welt am Laufen halten. Denn *Kühnheit trägt Genius, Macht und Magie in sich.*

Wir schreiben den 1. Juli, es ist kurz nach sechs Uhr morgens, die Sonne ist hinten links gerade aufgegangen, meine Finger sind klamm vor Kälte und Sie könnten, würden Sie mir vis-à-vis auf der Gartenbank sitzen, beim Ausatmen meine Luftzigarettenkringel sehen und die Ihren wahrscheinlich auch. Vom Raumschiff Enterprise weit und breit keine Spur. Von willigen Außerirdischen, die ein Mädchen entführen möchten, leider auch nicht. Das wäre auch zu einfach gewesen.

Präzise gesagt ist es bereits fünfzehn Minuten vor sieben, auch eine Kaffeemaschine braucht ihre Zeit zum

Warmwerden, genau wie die Bank ihre Sitzauflage oder der Tisch seine Decke. Jeder Mensch braucht jemanden, etwas. Jeder Mensch braucht es, gebraucht zu werden. Alles braucht, alles braucht seine Zeit. Vor allem das Vergessen und Vergeben. »Klar, vergebe ich dir« – ein Satz, der zum Totlachen ist, der geradezu danach schreit, den Mund mit Seife ausgewaschen zu bekommen. Und zu vergessen hätte ich auch einiges. Ein paar Kapitel aus dem Nummer-sieben-Märchen zum Beispiel, das einen schnellen Anfang, dafür ein zähes Ende nahm, zweieinhalb Jahre, in denen sich ein Gemischter Satz aus Gramstauden, Eitelkeiten, Knickreben, Unwissen, Wunschdenken, schwachem Boden und mangelndem Niederschlag zusammengebraut und dazu geführt hatte, dass ich stärker sein wollte, als ich konnte, mich zu einer Märtyrerin machte, die ich nicht war.

Die Vögel zwitschern im Garten meiner Eltern, selbst im Garten meiner Eltern zwitschern die Vögel. Die Kirschenzeit ist vorbei, der Kirschbaum wurde bereits zurückgestutzt, zurechtgeschnitten, sieht aber leider immer noch nicht aus wie die Buchsbäume im Schloss Schönbrunn, aber das will er vielleicht auch gar nicht. Die Einzigen, die sich im Dorf schon bewegen, sind der Bäcker, die Jugend und ein paar Gedanken. Nicht jeder Mensch weiß, wo er tagtäglich hinfährt. Nicht jeder Mensch weiß, wie er tagtäglich sein Brot verdient. Nicht jeder Mensch denkt sich was. Es ist unsinnig, über ein fremdes Leben zu sprechen, weswegen ich mich auf das eigene beschränken möchte, das vielleicht nicht immer schön ist, aber mitunter doch erträglich. Mein Leben ist eine Hausnummer, die an kriegerische Zeiten erinnert, mein Leben ist eine kleine Raupe Nimmersatt, die immerfort den Kriechgang übt, die sich wandelt und mit Rücksicht auf Verluste über Schutthalden gleitet, um am Ende vielleicht als Phönix aus der Asche aufzuerstehen, schmetterlingsverbrannt. Doch Kriechen macht durstig, und wer Durst hat, muss trinken. Aber Trinken ist auch keine Lösung, außer man möchte vergessen, wie ich.

Und so trinke ich seit Wochen Prosecco alias Nuttensprudel, womit sich die Frage stellt, ob diese Bezeichnung jetzt eine Beleidigung ist oder ein Kompliment, für das Getränk und die Hure. Hure bin ich, wie gesagt, keine, alleine schon weil ich meinen Mund nicht halten kann und das Herz schon gar nicht, was an jedem Ort der Welt selbstmörderisch und dramatisch ist, in der Heimat aber ganz besonders. Wer sich traut auf einem Dorfplatz zwischen dem Pfarrer, dem Bürgermeister, dem Wirt und dem Eltern- oder Narrenhaus laut die Wahrheit zu sagen, freilich nur die eigene, der kümmert sich am besten gleich um einen neuen Namen, eine neue Existenz, ein neues Gesicht – Sie wissen ja, wie das läuft in den FBI-Filmen mit dem Zeugenschutzprogramm – und um neue Erzeuger natürlich auch, weil schnell heißt es da: Elterngeisterhochschaubahn und jede Fahrt ist gratis. Wer sich traut vor einem Misthaufen laut die Wahrheit zu sagen, der heißt entweder Jelinek oder aber der ist verrückt oder lebensmüde oder beides. Aber genau deshalb bin ich ja hier, um mir ein neues Dasein auszumalen, hinzuschreiben und es dann zu glauben.

Ich weiß nicht, wo ich anfangen soll mit dem Erzählen und dem Hinschreiben, von hinten?, weil einem das Hinterteil eines jeden Lebens näher liegt, von vorne?, damit Sie mir besser folgen können?, aber zu leicht will ich es Ihnen auch nicht machen, strengen Sie sich ruhig ein bisschen an. Oder soll ich mich einfach noch ein wenig selber bemitleiden, mir die frischen Wunden lecken, das kann ich gut, denn an vielen Stellen klafft sie noch auf, die Vergangenheit, blitzen sie noch hervor, die Überbleibsel und Nachwehen einer Liebestragödie, die ja von Natur aus kein Happy End haben kann. Das hat man davon, wenn man sich im Leben etwas vormacht, sich selber im Weg steht und dann im Moment des Scheiterns, der wiedergewonnenen Klarheit just keine Wund- und Heilsalbe zur Hand hat, was praktisch wäre. Vielleicht beginne ich einfach da, wo das mit dem Verlieben und der Stendhal'schen Kristallisation und der Agatha-Werdung anfing, in einer Nacht im Dezember oder auch der Nacht vom 4. auf den 5. Februar, weil das so ist mit Metamorphosen – es dauert, bis man sie realisiert, bis man realisiert, was da mit einem im Gange ist, weil sie kommen ja, ohne anzuklopfen, zur Tür herein, diebisch angeschlichen, wenn es finster ist und sicher nicht hell. Und so nahm es auch im Fall der Agatha-Werdung einige Zeit in Anspruch – was sind schon ein paar Wochen –, bis die Verwandlung sicht- und greifbar wurde, spruchreif ward, wenn auch um eines fernen Tages wieder rückgängig gemacht zu werden, wer weiß schon vorher, dass er nachher nicht immer klüger ist, ich weiß es erst jetzt, aber das ist ja das Schöne am freien und unfreien Willen, sofern denn überhaupt einer vorhanden ist, dass man sich immer wieder aufs Neue entscheiden kann, umentscheiden, rückentscheiden, links-rechts-links-entscheiden, da wird einem gleich ganz schwindelig. Und während anderen über Nacht vor lauter Liebe die Haare ausfielen, während anderen vor lauter Sorgen untertags die Haare ergrauten, schnitt ich mir damals in der Februarnacht die Brüste ab, metaphorisch versteht sich, verwandelte mich in eine andere, weil der ungewohnte Zustand geradezu nach einer neuen Bezeichnung schrie, weil das Verliebtsein und Sich-in-Luft-Auflösen nur schwer auszuhalten waren, weil in so einem Metamorphosensturm jeder Mensch ein paar

Dinge zum Festhalten brauchte, einen Namen, eine Identität, einen Ort, eine Berufsbezeichnung, eine Sozialversicherungsnummer und eine Bankomatkarte zum Beispiel, sonst war ja schon alles aus, bevor es überhaupt angefangen hatte. Mein Name passte nicht mehr, ich hatte keinen Namen, der passte, und so suchte und fand ich einen neuen, nannte mich – im Gedenken an die Brustlose von Catania – Agatha, warum auch nicht, warum auch nicht sich mutiger, stärker und heldenhafter machen, als man war, und sagte Amen zum lieben Gott.

Geholfen hat mir die ganze Sache nicht. Und so sitze ich zweieinhalb Jahre später also hier und habe genug mit mir selber zu tun, muss nicht über Gartenzäune blicken und mit dem Fernglas in fremde Schlafzimmer schauen, reiche mir mit meinen posttraumatischen, postpubertären, phantombeschmerzten Agatha-Gefühlen und Agatha-Gedanken, die nicht Danke sagen und Bitte schon gar nicht. Ein Ungehorsam ist das, der sich gewaschen hat. Eine Kraft hat der, dass es kaum auszuhalten ist, weil er bolzt und schmettert, bis man daliegt wie ein ausgeschlachtetes Autowrack, bis man dahängt wie ein totes Schwein, das ausgeblutet ist und nicht mehr auf des Schlächters zärtliche Liebkosung wartet.

Doch damit ist jetzt Schluss. Nach zweieinhalb Jahren Agathatum, nach so einem Leben und so vielen Lach- und Sachgeschichten, die es schrieb, und Eindrücken, die drückten, und Menschen, die durch einen hindurchwanderten, weil man offen ist, wenn man offen ist, weiß ich endlich, ich kann nicht mehr: Agatha heißen und Agatha sein. Und doch bin ich wider Erwarten immer noch hier, bin hier und lerne, wie nach einem dramatischen Unfall oder einer schweren Operation, wieder gehen. Meine

Organe arbeiten, und das gar nicht schlecht, wie mir die aktuellen Laborergebnisse der Gesundenuntersuchung bestätigen, weil für Brustabtasten und Plombenfüllen ist immer Zeit. Was gibt es für einen besseren Weg, als sich die Gesundheit von einem Arzt, der auch nur ein Mensch ist, bestätigen zu lassen, schwarz auf weiß, wenn man selber nicht mehr weiß, ob man ganz gesund ist oder krank, weil man den Kopf und also den Überblick verloren hat, innen wie außen.

Viel Zeit bleibt mir nicht. In etwa sechzig Tage – um mein Leben neu zu ordnen, den Kopf aufzuräumen, das Herz auszuräuchern, zu vergeben und zu vergessen. Denn dann ist sie da, die Zukunft, mit Eltern, die aus dem Urlaub zurückkommen, einem Konto, das leer geräumt ist, einer Job- und Wohnungssuche, die sich nicht länger aufschieben lassen, mit Rechnungen, die beglichen werden wollen, und solchen, die es erst zu stellen gilt und die aufgehen sollen.

Ich bin nicht sicher, was uns beim Umblättern erwartet – die tausend ausgesprochenen und unausgesprochenen Textzeilen und dramaturgischen Kurven eines abklingenden Liebesgeschichtengeschwürs kennen Sie ja selber, die unzähligen Banalitäten vom Zeitpunkt der rosaroten Brillenfärbung bis zum finalen Todesstoß, all die Kränkungen, Eifersüchteleien, Streitballaden, das Türenknallen, Schweigen und das Hallen von Versöhnungssex, wie langweilig, bitte verschonen Sie mich damit, wie auch ich versuchen will, Sie (damit) zu schonen, erzählen wir das meiste davon doch jemand anderem, unseren Großmüttern vielleicht.

Und so nähern wir uns jetzt dem ersten Kapitel des abenteuerlichen Lebens der Agatha, die ich einmal gewesen bin und die Sie sein könnten.

Agatha.

STELLEN SIE SICH vor, Sie erwachen eines Morgens und kennen sich nicht mehr aus, weil alles anders ist, weil direkt neben Ihnen, da, wo jahrelang keiner gelegen ist, plötzlich ein Mann liegt. Das kann einen schon irritieren, beim Atmen, Denken, Schlafen, Reden, den eigenen Lebensrhythmus durcheinanderbringen und einem zunehmend das Gefühl vermitteln, dass etwas – mit Ihnen? – nicht in Ordnung ist. Auf einer relativ abstrakten Ebene natürlich, denn erst die Abstraktheit fesselt und lähmt und zahlt sich also aus, macht mitunter den Lahmen so apathisch, dass er zu gehen anfängt, freilich etwas tollpatschig und unbeholfen, mit dem Hüftknochen an Türstöcke rempelnd, sich mit dem Rücken an Türstöcken reibend, vielleicht sogar sich einen Schiefer holend, der tief in die Haut eindringt und der sich Zeit lässt mit dem Sichentzünden, bis er schließlich nach Wochen oder Monaten an die Oberfläche kommt, um dem Wirt Lebewohl und der Sonne, die gerade scheint, Guten Tag zu sagen.

Die Artenvielfalt von Schiefern genauso wie die Vielfalt an Möglichkeiten, sich einen einzufangen, sind groß. Es gibt kleine spitze, die unbemerkt ins Fleisch fahren, wie das Jesuskind in den Bauch von Mutter Maria, kleine verästelte, die von Anfang an schmerzen, wie Gedankenfragmente aus der Vergangenheit, die man nicht abzuschütteln vermag, zum Beispiel wenn ein Vater zu seiner Tochter sagt, dass sie einen fetten Bauernarsch hat. Es gibt feine, grobe, große, dicke, lange, kurze, farblose, langwierige, kurzweilige. Schiefern wie Schwänze und nein, das kann jetzt nicht nicht hier stehen. Wie die unruhige Zunge, die um frische Zahnfleischwunden kreist, oder die Zahnseide, die zum wiederholten Male in die Entzündung schneidet, findet man an manchem Schieferschmerz durchaus Gefallen, empfindet Lust. Lustig ist das freilich nicht, langfristig gesehen. Denn ein Hirn voller Vögel ist einem mit Schiefern gespickten ohne Zweifel vorzuziehen.

Unsere Protagonistin kannte sich mit Schiefern aus, hatte sie sich in all den Jahren doch eine beachtliche Palette an unterschiedlichen Exemplaren zugezogen. Aber da die Zeit alle Wunden heilt und dem Heilprozess zusätzlich noch nachgeholfen werden kann, wie mit dem Griff zu diversen Wundermitteln und dem Gang zu diversen Wunderheilern, war ihre Haut nach kürzeren oder auch längeren Phasen der Regeneration immer wieder heil geworden und erweckte, wenn sie das Licht abschaltete, sogar den Eindruck, mehr oder weniger makellos zu sein. Das Licht abzudrehen, war in Mode gekommen, wir müssen nicht immer alles ganz genau sehen, wir müssen uns nicht immer bis ins letzte Detail mustern und betrachten lassen, wir sind gerne auch einmal schüchtern und greifen blind in eine Nacktheit hinein, in der wir sehen, was wir sehen wollen.

Agathas Schiefernarben waren also so weit verheilt, dass es sich – rückwirkend betrachtet – eigentlich nur um eine Frage der Zeit handeln konnte, bis, wie immer, wenn ein Ozean still lag und keine Eisberge zu sehen waren, ohne Vorwarnung ein Unwettermann ins Land gezogen kam, der die Schindeln vom Dach fegte, den Keller unter Wasser setzte und das Unterste zuoberst kehrte, damit niemandem langweilig wurde, eine dreibeinige Ungeheuerlichkeit, die aus dem Nichts auftauchte und Agatha wie ein Schieferdorn ins Herz stach, der dicker, gefährlicher und langwieriger nicht hätte sein können, eine *Lebensgefahr oder* ein *Lebensgefährte*, der in einer fernen

Zukunft, in einem anderen Landunter die Hosen fallen lassen würde, weil sie nass geworden waren. Jemandem das Hinterteil zu zeigen, war auch eine Art, sich zu verabschieden.

Unsere Agatha verabschiedet sich an dieser Stelle mit dem rekordverdächtigen Ergebnis von wieder mal drei Monsterschiefern auf einen Streich.

Am Anfang stand wie in jeder Liebesgeschichte ein Blick, der sich begegnete, ein Lachen, das traf, eine Berührung, die alles besser machte.

Agathas Anfang nahm in einem Lokal am Donaukanal seinen Lauf, zur nachtblauen Stunde, kurz nach Weihnachten, als ihre Welt noch in Ordnung war, innen wie außen, und sie gemeinsam mit zwei Freundinnen, die für ein paar Tage aus Litauen angereist waren, nach einem feucht-fröhlichen Gelage in Richtung Ausgang wankte. Doch den erreichte sie nicht mehr. Er kam die Treppe herab, aus einem früheren Leben, die Treppe herab, zur Tür herein, ganz einfach. Ein Schritt, ein Blick, ein Besenstrich. Ein Alles, das nicht Alles-wird-gut heißen würde, was freilich an so einem Punkt in einer Geschichte maximal ein Matthias Horx berechnen könnte. Auch unsere Protagonistin blickte mitunter in die Zukunft. In ihre eigene freilich nicht. Noch in dieser Nacht wurde alles gesagt, was zwei Menschen zu sagen im Stande waren, wurde geschwiegen, weil beide den Wert des Goldes kannten, und eine Intensität erzeugt, die zweieinhalb Jahre lang Motor für Glück und Unglück sein sollte, auch wenn Agatha zwischenzeitlich unter die Räder kam, unterm Wagenrad landete, die Arme, aber leidtun muss sie uns deshalb nicht.

Legt man einen Zweig ohne Blätter in den Stollen einer Salzmine, dann bilden sich schon nach zwei, drei Monaten Kristalle am nackten Holz und der verhängnisvolle Veränderungsprozess durch die Liebe beginnt, die Kristallisation setzt ein, ästelt sich voran, ohne eigenes Zutun, vollautomatisch, das wusste schon 1822 ein gewisser Stendhal, blöd nur, wenn man seine Physiologie *De l'Amour* nicht oder wie in Agathas Fall zu spät gelesen hat. Lächerliche zwei Monate dauerte es da, bis man, ruckedigu, das Bild des Geliebten vervollständigt und sich in einem Akt geistiger Entgleisung einen Entwurf des Gegenübers zusammenfantasiert hatte, der einem gefiel und ganz sicher nicht der Realität entsprach, ganze zwei Monate dauerte es, bis man schließlich auch sich selber nicht mehr erkannte, sich in einem luftigen Wir auflöste und das eigene Ich sämtlichen Gesetzmäßigkeiten entzogen hatte, weil man fallen und gefallen wollte. Zwei Monate dauerte es, bis alles zu spät und man eine vollkommen andere geworden war.

Agathas Verliebtheit hatte vorerst keinen Namen, dafür aber die Nummer sieben – eine heilige Zahl, so heilig wie der Mann, der dazugehörte, der ihr mit gekonntem Griff zwischen die Beine langte und auf diese Weise ihr Herz herauschirurgierte, ohne äußere Spuren zu hinterlassen, innere freilich schon, schnipp, schnapp, und da schau her, so leicht ging das, wenn einer lustig war und eine lebensmüde, wenn einer nicht viel nachdachte und die andere auch nicht. Bereits am Tag danach verließ er sie zum ersten Mal, flog zurück in seine Welt, die Arbeit hieß und Singleland, schickte Worte, sparte Taten, schlief, lebte, aß und trank, in der Hoffnung, dass sich die Dinge von selber regeln würden – *Suppe, Seife, Seelenheil,* lachen Sie ruhig, wenn Ihnen zum Lachen ist. Agatha lachte nicht, schlief nicht mehr, schlief sich auch schlecht ohne

Herz, ignorierte das Wort Abschied in der Kondenswasserschleife, die sein Flugzeug über Wien hinterlassen hatte, hörte, was sie hören wollte, sah, was sie sehen wollte, glaubte nicht länger an Alice Schwarzer und stieg, noch bevor das Jahr herum war, in einen Flieger Richtung Berlin, wo sie schließlich auf ihn zurannte, zu ihm hinrannte, ihm hinterher und einem Zustand erlag, der gleichzeitig haben wollte und gehen ließ. Bravo, liebe Agatha, Lebewohl, denn weg bist du und nicht mehr da, schneller, als du schauen kannst, verliebt, verlobt, verheiratet, geschieden.

Befinden wir uns also exakt an jenem Punkt in der Geschichte unserer Agatha, an dem sie den Entschluss fasste, der Liebe wegen nach Berlin zu gehen. Wie herrlich naiv, wie naiv herrlich. Die Koffer waren schnell gepackt, passte doch so ein Menschenleben oft in nur eine Kiste, in der praktisch Veranlagte gleich auch noch ihre Ängste und Zweifel und Sorgen verstauten. Damit sie weg waren, zwar nicht verschwunden, aber wenigstens weggesperrt, aus dem Sichtfeld, für eine kurze Zeit zumindest, bis man dann seine Habseligkeiten an einem neuen Ort wieder auspackte, abstaubte und fein säuberlich auf Häkeldeckchen stellte. Sie hätte ein Umzugsunternehmen führen können, so versiert war sie im Einpacken und Auspacken und Lagern und Transportieren von Gegenständen, die ihr Leben waren. Jahrelange Übung und Erfahrung hatte sie sich erworben – auf einem Misthaufen auf dem Land, einem Flughafen in London, einem Frachthafen in Hamburg, einem Heimathafen in Wien, einer Baustelle in Litauen. Aber stattdessen wurde sie hauptberuflich Liebende und nebenberuflich immer weniger, weil es war ja schwierig mit den Tanzbereichen, waren es doch plötzlich zwei statt nur einem, und so passierte es mitunter auf der Welt, dass weniger Versierte ins Strudeln kamen, dass die besten Menschen ihren Platz nicht fanden. Agatha hängte tapfer ihre Kleider auf eine fremde Kleiderstange, platzierte ihre Tiegel und Tuben in den Lücken auf seinem Spiegelsims im Bad, fing bald damit an, auch die Flecken auf seinen Kleidungsstücken mit Vorwaschspray zu behandeln, wartete, wartete und wusste nicht worauf, bekam es langsam, aber sicher mit der Angst zu tun, hörte auf hinzuhören, in sich hineinzuhören, hörte schließlich gar nicht mehr, sperrte sich ein in einem künstlichen Konstrukt der Wirklichkeit, einem Luftschlossleben, das keines war oder zumindest nicht jenes, das sie sich vorgestellt hatte.

Und doch war alles immer auch eine Frage der Wahrheit. Wie ehrlich wollte man sein mit sich. Wollte sie wirklich Messer schleifen und leicht durchs Leben schreiten, über alle Bröckchen und Steinchen und Böckchen und Stöckchen hinweg, wollte sie tatsächlich zur Sennerin mutieren und Kühe hüten, um ihnen dann im Herbst den Todesstoß zu versetzen, sie an den Metzger auszuliefern, der ihr letztendlich einen Plastiktrog voller Schnitzel und Koteletts und Eingeweide, gekrönt von einem Kopf, in den Kofferraum ihres Autos stellen und sie dabei lüstern angrinsen würde? War es das, was sie wollte? War das alles, was blieb? Die Sennerin und der Metzger. Der Koch und der Dieb. Und immer wieder der Liebhaber.

»Guten Morgen, mein Liebster, wann machen wir wieder Krümel ins Bett, vom Butterbrot mit Schnittlauch, vom weich gekochten Ei, wann verkrümeln wir uns wieder unter die Decke, machen blau oben, blau unten? Guten Morgen, mein Liebster, ich bin's, die Forstaufseherin, die

Waldinspektorin, die darauf achtet, dass die vielen abgesägten Bäume auch richtig fallen, nicht die Fliegenpilze zerdrücken, gutes Brennholz für den Winter abgeben, das unsere Herzen zum Knistern bringt. Guten Morgen, mein Liebster, kannst du bitte nach mir einschlafen und vor mir aufwachen, mit mir Liebe machen, morgens und abends und dazwischen auch? Das alles möchte ich dich fragen, zu dir sagen, schon seit Stunden, doch sie bleiben zu, deine Augen und mein Mund, und wenn sie sich dann aufmachen und aufwachen, rollen und schmollen sie und wollen nicht so, wie wir wollen.«

Agatha war verliebt und sie war es, so gut sie konnte, denn es fühlte sich gut an, verliebt zu sein, keine Frage, und wer würde auch am Anfang schon ans Ende denken, unsere Agatha vielleicht, Sie vielleicht nicht? Ging es nur ihr so, dass sie, über die Vergangenheit reüssierend, die schlechten Tage und kriegerischen Zeiten schneller präsent hatte als die schönen, ging es nur ihr so, dass es, wenn alles gut lief, nicht viel zu erzählen gab, war das so, mit dem Lieben und dem Leben, dass wir für strahlende Momente nur momentan die passenden Worte fanden und später dann nicht mehr, dann, wenn die einst warmen Farben auf dem Gemälde immer düsterer und dunkler wurden, das Rosa sich im Braun verlief, oder war es ein weiteres Mal unfähig, das Fräulein mit den steifen Fingern und den violetten Händen, mit seinen Eisbeinen ohne Sauerkraut, hatte es ein weiteres Mal kalte Füße bekommen, weil ein anderer in die grünen Schuhe geschlüpft war?

Wer wie Agatha jahrelang autonom gelebt hatte, ging zwangsläufig zu Boden, Knock-out, wenn plötzlich das Herz zuschlug und das Hirn aussetzte, wenn Gefühlsveränderungen ins Land zogen wie die Jahreszeiten und von Frühlingspastell in Novembergrau übergingen, da konnte man nur einen Gang runter- und das Nebellicht einschalten und nicht wie unsere Agatha auch noch aufs Gas steigen, frei nach dem Motto: Anschnallen, Raketenstart, bitte alle Ritzen geschlossen halten. *So kann das nie was werden, so wird das noch ihr Untergang*, singen und denken wir uns jetzt gemeinsam mit der Band Monoohr an ihrer statt, und so machte die Liebe aus Agatha allmählich eine Jeansträgerin, die sich wie alle in der Nummer-sieben-Stadt die Stulpen in die Stiefel steckte, eine Ausgeherin vor dem Herrn, die sich durch die Clubs tanzte, ein Groupie, das mit BHs warf, eine Lustige, die zur Traurigkeit verdammt war, eine Unkomplizierte, die leise am Schauspiel zerbrach.

Da sagen wir doch Danke zur Liebe, die oft so groß und so viel ist, dass man sie nicht halten kann, die einem den Boden unter den Füßen wegzieht, ohne dass man Fliegen gelernt hätte. Unsere Agatha war kein Amsel-Drossel-Fink-und-Star, keine Flugzeugpilotin und auch keine Fallschirmspringerin, sie hatte vielleicht einen Vogel, aber wer hat den nicht, und wer kann es sich schon leisten, in der Liebe keinen Vogel zu haben oder in den ersten Wochen und Monaten nicht in eine flatterhafte Sprache zu flüchten, weil es für das, was da am Entstehen ist, noch keine Worte gibt, zumindest keine, die passen.

Agatha wollte nicht ihr Leben zurück, in ihr Leben zurück, denn es gab *Titten zum Frühstück* und *Muschis zum Kaffee* und sie genoss das Licht auf ihrem Körper, wenn diesen gerade keine Geschwulst plagte, wenn die Öffnungen waren, wo sie hingehörten, wenn die Sekrete, wie im richtigen Leben, ausgeschieden, verabschiedet wurden und mitsamt dem ganzen Dreck wegrannen und versickerten. Sie konnte weder arbeiten noch still sitzen noch ihre Zehennägel schneiden. Sie konnte nur lieben. Und weil dieser Zustand auf Dauer nicht zu ertragen war, kratzte sich Agatha am linken Ohr und versuchte mit aller Kraft, die ihr zur Verfügung stand, der so irritierenden wie aufregenden Prioritätenverschiebung Einhalt zu gebieten. Jedoch ohne Erfolg. Die Revolte hatte bereits begonnen und auch Nummer sieben gepackt, die zweite Stufe der kristallinen Verästelung hatte eingesetzt, immer neue Facetten, Charakterzüge und Marotten aus den Untiefen ihrer beider Stollen ans Licht gebracht und wechselseitig ihre Fantasien angetrieben, was schließlich dazu führte, dass sie schon bald eine Vielzahl an Eigenschaften annahmen, die unnatürlich waren, ungewollt, zwangsprojiziert, die der jeweils andere unausgesprochen, vielleicht sogar nur eingebildet zu erwarten schien. Tagtäglich spielten sie mit ihrem Stolz *(orgueil)*, ihrer Hoffnung *(espérance)*, Scham *(pudeur)*, Eifersucht *(jalousie)* und ihren Blicken *(regards)*, schenkten sich nichts im kranken Spiel der Liebe, dessen Regeln sie nicht beherrschten, waren von der katastrophalen Sehnsucht beseelt, stets mit dem anderen zusammen zu sein, seine Gegenwart und Vollkommenheit zu genießen.

Wie kann man nur so jung und dumm sein, weiß doch ein jedes Kind, dass permanentes Pärchenschmalz und klebriger Anhimmelungsschleim nur zu schnell zu Übersättigung, Selbstzweifeln, Gleichgültigkeit und Enttäuschung führen. Verfluchtes Wechselbad der Gefühle!, verflixter Teufelskreis!, vermaledeiter Stendhal!, der du natürlich auch nichts dafür kannst, nur weil du eine unglückliche Kindheit und ein Mathilden-Drama durchgemacht und dich dazu entschlossen hast, die Wahrheit aufzuschreiben. Viel zu spät sang Rocko Schamoni: *Leben heißt sterben lernen, Lieben heißt leben lernen* – Agatha starb nicht.

Mit ihrer Konzentration war es in diesen Monaten nicht weit her, sie waren alles andere als von Disziplin und

Konsequenz gekennzeichnet. Agatha saß am Frühstückstisch und gähnte herzhaft, bis es Mittag wurde und also legitim, die erste Flasche zu öffnen, der Rest würde sich schon von selber ergeben, wenn wir ihrer Aussage Glauben schenken, wozu wir uns an dieser Stelle, nicht ganz uneigennützig, entschließen, weil es uns zu guten Menschen macht. Jetzt wäre Denken natürlich eine Option gewesen, hätte unserer Protagonistin zumindest kurz Erleichterung verschafft, aber Agatha war unruhig und schwach, und wer mitunter nachdenkt, weiß, dass Hirnakrobatik ein ziemlich anstrengendes Unterfangen ist. Das Denken war einfach nicht Agathas Stärke, was zum einen an der falschen Herangehensweise, zum anderen an der kurzen Inkubationszeit des Gedachten lag, zwei Eigenschaften, die ihr, Ausreden hin oder her, schon seit jeher in den Genen steckten. Zwar hatte Agatha im Laufe der Jahre gelernt, ihren Gedanken durch die Form des schriftlichen Festhaltens ein gewisses Maß an Stabilität zu verleihen, aber, unter uns gesprochen, weit her damit war es nicht. Ein Träumchen, ein Stürmchen, ein Windchen reichte aus, um Agathas inneres Venedig untergehen zu lassen. Ungerecht, nicht wahr, dass einige aus Beton, andere nur aus Holz gebaut waren, interessant, nicht, dass einige in luftiger Höh' und andere u-boot-versunken vor sich hin logierten. Zum Totlachen, dass die Sonne nicht jedem gleich schien und manch einer mehr Wasser, mehr Nährstoffe bekam als ein anderer.

Agathas Nichtdenken hatte sie nach Berlin gebracht, Agathas Denken würde sie eines Tages zurück nach Wien bringen, Agathas Kopf pochte, eine Frage jagte die nächste. Eine Antwort war so gut wie die andere. Nicht nur der Abwasserkanal zu ihrem Mietshaus war mit Lehm und Blattwerk und allerhand Dreck verstopft, auch ihr ureigenstes

Bächlein wollte nicht mehr so fließen, wie die Natur es vorgesehen hatte. Nun konnte vielleicht eine Feuerwehr mit zwei Dutzend Männern verstopfte Rohre putzen und diese in Silberschmuck verwandeln, der die Elstern lockte, jedoch vermochte niemand anderer als man selber, jene Löcher zu stopfen, die gut getarnt in einem schlummerten. Agatha leckte an allen Ecken und Enden. Und doch war es ihr bislang gelungen, immer gerade so viel Wasser aus dem Kahn zu schöpfen, dass er nicht unterging. Die Frage war nur, ob er einen zweiten Fahrgast würde tragen können. Oder ob nicht vielleicht eine weitere Möglichkeit darin bestand, einfach das Transportmittel zu wechseln. Taugte sie am Ende doch zur Flugzeugpilotin, zur Lokomotivführerin, Traktorfahrerin, Zeppelinkapitänin? Konnte sie ihn fassen, den Fisch, oder schlüpfte er ihr zwischen den Fingern hindurch, freiheitsliebend, wie er war, und was, wenn sie ihn schnappte, am Haken baumeln, zappeln ließ, sollte sie nach einem Stein greifen, ihm den Kopf einschlagen, das Messer ansetzen, ihn nach allen Regeln der Kochkunst marinieren, braten, anrichten, oder warf sie ihn besser zurück ins Wasser, ging es darum, die Welt zu erobern, Mahlzeiten zu sichern, schön primitiv dem Urinstinkt zu folgen, den Trieben nachzugeben? *Freitags Fisch, das ist ein Fest, und am Sonntag gibt's den Rest.*

Agatha war müde, viel zu sehr, viel zu schnell müde geworden, mürbe, sehnte sich nach einer Waldlichtung mit Wiesenblumen, doch es war tiefster Winter in Berlin und Blumen blühten nur, wenn man sie dazu zwang, in tropischen Gärten zum Beispiel oder auf vereisten Fensterscheiben, obgleich das nicht die Art von Blumen war, die sie sich wünschte, und doch musste sie nehmen, was zu kriegen war. Wenn Agatha liebte, war das schlimmer als die Pest.

Sie kannte keine gute Sehnsucht, eine, die Sicherheit gab und Bestand hatte, auch dann, wenn der andere physisch abwesend war. Vielmehr hatte sie in solchen Momenten das Gefühl, nicht mehr atmen zu können, nicht mehr existent zu sein, sich in einer Traurigkeit aufzulösen, die es ihr unmöglich machte, das Morgen zu sehen, oder wie sehen Sie das, haben wir ein wenig Mitleid mit unserer Brustlosen, die man nur bedauern kann mit ihren zu klein geratenen Augen und Ohren, dem zu großen Herzen, aber wir können ihr leider auch nicht helfen, müssen sie alleine ihrem Schicksal überlassen, das ihr, weil heute die Sonne scheint, eine Fragestunde mit einem Toten gewährt:

[Marie-Henri Beyle (23. Januar 1783 – 23. März 1842), besser bekannt unter seinem Pseudonym Stendhal, war ein französischer Schriftsteller, Militär und Politiker. In seiner Zeit eher als Journalist, Kritiker und Essayist bekannt, gilt er heute durch die analytischen Charakterbilder seiner Romane als einer der frühesten Vertreter des literarischen Realismus. Sein 1822 erschienenes essayistisch-philosophisches Werk De l'Amour, *eine »Physiologie der Liebe«, hat sich in den ersten zehn Jahren nur siebzehnmal verkauft.]*

»Nun gut, Stendhal, Sie haben lange genug geschlafen, steigen Sie aus der Kiste, ich muss mit Ihnen reden. Nicht zum Aushalten ist das, mit dem Lieben und dem Leben und dem Sterben dazwischen, ausgelebt hat es sich, von Anfang an, schwierig ist es, mit der Konzentration, wenn einem heiß ist und kalt, wenn man seit über einer Woche das Zimmer kaum und die Wohnung gar nicht verlassen hat, wenn die Erschöpfung nahtlos in den Schlaf übergeht, wenn die Milch nicht übergeht, weil keine Milch mehr da ist, wenn das große Erwachen immer nur von kurzer Dauer ist, wenn man nur den Rosen, den gelben und roten, auf dem Fußboden beim Welken zusehen kann, wenn die Augäpfel zwischen dem Bildschirm und dem Kleiderständer mit dem Fuchskopf, dem blutigen, hin und her wandern, immer wieder, wenn das offene Auge nur ein Bild in Serie empfängt, wenn einem schön langsam schwindelig wird vom Fischgrätmuster im Parkettboden, wenn der Bauch anschwillt vom vielen Prosecco und von der Sehnsucht, die wie ein Gasballon aufsteigen will, aber nicht kann, weil sie zu schwer ist, gefangen, befangen, wie auch der Hirnlappen weiter oben in einem drin, der keine Instruktionen mehr empfängt oder gibt, keine Meinungen mehr erzeugt, die

Zunge lahm und die Lippen taub legt, der nichts mehr will und nichts mehr hofft, als ob es ohne Hoffen und Fantasieren noch weiterginge.

Aus und Ende heißt es da für eine Liebe zwischen Flugschneisen, Baustellen und U-Bahn-Schienen, wenn über Nacht plötzlich einer das Ziel aus den Augen verloren hat, blindlings umherirrt und nur noch zu emotionalen Berg- und Talfahrten fähig ist, bei denen einem schlecht wird, bei denen man alle Zustände bekommt, denn Zustände sind es mit Sicherheit – des Nichtwissens, des Nichtmehrkönnens, des Nichtverstehens, des Nichtmehrhabenwollens, des Untergangs. Aber auch das ist noch nicht genug, Stendhal, hören Sie mich, hören Sie mir zu, ich fordere Sie auf, mir endlich zuzuhören, es hört mir ja sonst keiner zu, ich höre mich ja selber kaum noch. Irgendwo aus der Thujenhecke im Hof springt ein grausames Etwas hervor, das schwer zu erkennen ist, das hinterlistig, hundsgemein die Farben verändert, freilich nur ganz leicht, das ein Orange mit Ocker und ein Gelb mit Dotter und ein Grün mit Braun schwarz werden lässt, weil nichts ist mehr grün und niemand, aber ein Hund ist es keiner, es ist auch egal, was es ist, was kümmert uns die Form, die keiner ausfüllt, ein Maler also, der unsichtbar und schleichend alles anfärbt und einfärbt und umfärbt, wie es ihm passt, ein Ja- und ein Neinsager, der uns codiert und entcodiert, um dann den Code wegzuwerfen.

Eine Liebe hält kein Leben lang, Stendhal, eine Liebe feiert keine Silberhochzeit, eine Liebe ist nicht einfach und auch nicht einfach weg. Warum sich mit Lebensabschnittspartnern und Gefühlsveränderungen abfinden, warum nicht gleich eine Schere zur Hand nehmen, die Bindfäden abschneiden, die Banden durchtrennen, die

Nabelschnüre abzwicken, die Kristalle von den Zweiglein schlagen und Adieu sagen, warum nicht, warum kann ich das nicht? Stattdessen stelle ich mich auf eine Autobahnbrücke und winke fremden Reisenden zu, meine Art, mich zu verabschieden, denn wir reisen alle, ein Leben lang.

Ich könnte einfach die Luft anhalten, blau anlaufen, ohnmächtig werden, so wie kleine Kinder das machen, wenn sie ihren Willen nicht bekommen, wenn sie von der Muttermilch entwöhnt werden, das Leben nicht mehr beim Busennuckeln aufsagen dürfen, ich könnte, so wie Sie, der Sie gar nicht mehr atmen, einfach aufhören mit dem Luftschnappen und Nachluftringen und mir mit aller Kraft das Ende der Welt vorstellen, das vielleicht einen Hauch von Frieden bringt.

Stendhal, ich kann nicht einschlafen, während Sie seit Jahren schon schlafen, wie ein Toter, ich versuche es ja, versuche mich ja als Optimistin, als Gutheißerin, als Kompromissbereite, aber warum soll man eines Tages anfangen, sich zu verbiegen, wenn man sich sein ganzes Leben lang nicht verbogen hat, schon verbogen wurde, aber nur unfreiwillig, von außen, was nicht zählt, ein Fremdverschulden, kein Eigenversagen, wieso ist man versucht, den anderen zu verbiegen, ertappt sich dabei, schüttelt den Kopf, aber nicht die Äpfel vom Baum, aus dem die Taler klimpern, an dem das Pech klebt. Wieso flüchtet man in die Sprachlosigkeit, die eine Einbahnstraße ist ohne Gegenverkehr, steigt aus dem Auto aus, lässt es am Straßenrand stehen und geht zu Fuß weiter, stapft durch den Schnee, leider nicht mehr knietief wie in Kindertagen, wäre man in einem Film, man würde eine Zigarette qualmen.

Stendhal, Sie Schwein, stehen Sie auf und kämpfen Sie mit mir wie ein Mann, hier wurde eingebrochen, heute

Nacht, ich war zuhause, doch es geschah ganz unbemerkt, da haben Sie Gauner mir zwei tote Schmetterlinge, Farben und Papier und meine Büchse mit Kristallen drin aus dem Tresor gestohlen, was soll ich dazu groß sagen, nehmen wir ein Lineal, messen wir Ihre Vorstellungsgabe mit meiner Angst, messen wir, ob die Zeit reicht, um an den roten Faden ein neues Knäuel anzuknüpfen.

Alles haben Sie mir genommen, ich sehe Sie doch, Sie liegen auf Ihrem Bauch ganz still und lachen sich halb tot, meine Augen haben das Licht verloren, schauen, als ob es fremde Augen wären, nicht die meinen, nicht die Ihren, nicht die seinen, sind das jetzt meine Gedanken, die mich nicht schlafen lassen, die sich nur noch Frieden wünschen, um den Wunsch gleich wieder zu verwünschen, ihn vor die Tür zu setzen, damit er den Führerschein machen und sich nach zwei Jahren dann endlich ein Auto ausborgen kann.

Mein Durst ist so groß, dass die Kaspische See nicht reicht, aber ein Kuss dafür schon. Auch mich dürstet es nach Gerechtigkeit, nach Recht, Stendhal, weil wer recht hat, soll verdursten, wer recht hat, wird ohnehin auf der Strecke bleiben, beim achten Marterl zusammenbrechen, ein Kreuzweg ohne Kreuzungen, nur die Gedanken kreuzen sich, und bei jedem Zusammentreffen fange ich im Bett zu zucken an, wirft es mich unruhig durch die Dunkelheit, wache ich schweißgebadet auf und greife ins Leere. Eine Hand wäscht die andere nicht mehr.

Es ist, wie es ist, Stendhal, fragen Sie mich nicht, was ich Ihnen vorwerfe, vor Sie hinwerfe, ich liege ja selber schon am Boden neben dem Fehdehandschuh, bleiben Sie bei Ihren Entscheidungen, nichts ist unebener als ein Rückzieher, ein Rückschritt, eine Meinungsänderung, eine mildernde Tat, ein gescheiterter Versuch, der Versuch zu scheitern, wie man es macht, es ist verkehrt, wie man verkehrt, es macht nichts, es schafft uns, es schafft Distanz. Warum gebe ich Ihnen die Schuld für mein Hinfallen und Nicht-mehr-hoch-Kommen, Sie können einem ja auch nur leidtun mit Ihrer vermaledeiten Kindheit und Ihrem Tyrannenvater, mit Ihren buckeligen Jahren der Krankheit und unerwiderten Mathilden-Liebe, mit Ihrer tragischen Leidenschaft, den Schlaganfällen und unverkauften Büchern, für Sie war die Liebe ja auch nicht gesund. Aber man braucht schon mal ein Opfer, wenn man überfordert ist mit sich und der Welt, einen Unschuldigen, der zum Handkuss kommt, wie gut, wenn der dann zumindest tot ist, oder kann man Tote auch noch verletzen.

Was ist, geben Sie schon auf, schmeißen Sie sich wieder auf das weiße Laken, lassen Sie das Wasser laufen, ganz dezent nach unten raus, würde ich auch so machen, wie in Kindertagen, wenn die frischgewaschenen Leintücher von Erwartungen zeugten, die wir nicht halten konnten, die im Wind davonflatterten.

Sie können ihn nicht kennen, den Song, natürlich nicht. Viel zu früh waren Sie wieder einmal dran, viel zu spät entstehen oft die Worte, mit denen Sie wahrscheinlich ohnehin nichts anfangen könnten. Und doch, lesen Sie sie bitte, betrachten Sie Tocotronic als Versuch der Annäherung, als Spatenstich in die feuchte, lehmige Friedhofserde, als Grabsteininschrift, als Zwischen-den-Zeilen-Gefühl. Ich schenke sie uns beiden, Stendhal, damit wir endlich schlafen können und Ruhe finden und Frieden.

Wo wir stehen kann jeder sehen
Das ist allgemein bekannt [...]
Und wir geben uns die Hand
Durchsichtige Dinge die uns zwei durchdringen
Bestimmen uns von Anfang an
Durchdringen uns ein Leben lang

Auf dem Weg näher zu Dir
Gehe ich durch eine Tür
Die den Umriss von uns beiden hat
Und alles was ich denken kann
Liegt fern von jenem Ort
Und dann wird alles seltsam glatt

Hinter der Oberfläche dieser Spiegelfläche
Sehen wir uns da wo wir nicht sind
Im Augenblick kehren wir dorthin zurück
Wo unser Schicksal uns bestimmt
In die Situation die uns gefangen nimmt

Berlin reichte nicht für eine Liebe, wenn man sensibel war und Agatha hieß. Genau wie eine Liebe für einen Menschen nicht reichte und auch nicht, nur einen Mensch zu lieben.

Und so wanderte sie durch die Straßen Berlins und liebte und hasste sich durch den Tag und brannte und brannte und konnte es nicht löschen, das Feuer, warum auch, es gefiel ihr ja irgendwie, auch wenn es gleichzeitig wehtat und grau wurde innen drin und nebelig und verrußt und sich der Rauchfangkehrer, der ja Glück bringen sollte, zwar auf den umliegenden Dächern blicken ließ, aber immer seltener in Agathas Wohnung, die ihr Herz war. Und so nahm die Herzkrankheit ihren Lauf, mutierte zu einer Hirnkrankheit, einer

Dauerkrankheit, einem Wahnsinn, der freilich erst viel zu spät, dann als es schon fast zu spät war, diagnostiziert wurde, von ihrem Freund, von ihren Freunden, von fünf Ärzten und schließlich auch von Agatha selber. Sie wurde krank. Und es wurde für lange Zeit finster. In ihr war nichts als Stille, ein leises Durcheinander aus allem, was jemals war und sein würde. Sie war gefangen, hatte sich eingesperrt im Käfig der Routinen und gleich auch noch den Schlüssel verschluckt, war beinahe verschwunden im Schatten des Scheindaseins, in den Hamsterradspeichen des Funktionierenmüssens, hatte den Glauben und die Hoffnung verloren, was, verdammte Korintherbriefe, zwei von drei theologischen (und damit unmenschlichen) Tugenden ausmachte, die auch schon Ödön von Horváth zu einem Totentanz inspiriert hatten, genau wie später Ulrich Seidl zu einem höllischen, ganz sicher nicht paradiesischen Trilogie-Wahnsinn. Aber was half das schon. Ihr half es nicht.

Agatha räumte die Wohnung auf und stellte sich vor, wie Nummer sieben ihr dabei zusah, beide mit dem Karpfenblick. Was sollte jetzt noch kommen, er kam jedenfalls nicht. Sie setzte sich aufs weiße Sofa, das nie lange weiß blieb, und zündete sich ein Kerzlein an, denn sie rauchte nicht mehr. Sie zögerte, formte ihre linke Hand zu einer Filmklappe, ließ sie fallen und sagte: »Stopp!« Sie stand auf, ging, blieb stehen, sank erschöpft zu Boden, vergaß ihren Entschluss, die Idee, die dahinterstand, setzte sich erneut, fing wieder an zu putzen, bis ihr alles weh tat. Vom Zweifeln, vom Diskutieren, vom illusorischen Ankämpfen gegen das Chaos der Welt. Sie wusste nicht mehr, wer sie war, sie wusste nicht mehr, was sie wollte. Vom Leben und von der Liebe: »Würdest du bitte kommen und mich in den Arm nehmen oder deine Sachen packen und gehen?« Es gab nichts dazwischen.

Da wohnten zwei Menschen quasi Haut an Haut und wussten gar nichts, wussten nur, was sie wissen wollten, wollten oft nichts wissen, weil der Kopf schon so voll war, dass das Wasser in den Augen und die Übelkeit im Hals standen. Da konnte man nur noch durch die Kiemen atmen und sich darauf konzentrieren, dass der ganze Mist und Morast drinblieben und nicht rauskamen aus einer Ritze, aus einem Schlitz. Welch Glück, dass die brustlose Agatha mit Kiemen gesegnet war, was ihr ein Leben zu Wasser und zu Land und somit gleich zwei potenzielle Realitäten mit all ihren Wegen und Möglichkeiten und Begegnungen und Schicksalsschlägen eröffnete. Als ob eine nicht schon genügte, besonders wenn man wie sie genug mit sich zu tun hatte, was andere ja nicht von sich behaupten konnten, was anderen vielleicht auch nicht geschadet hätte, sich ein bisschen mehr auf das Eigene und ein bisschen weniger auf das Fremde zu konzentrieren.

Agatha war froh, in den letzten Tagen so offen mit ihm gesprochen zu haben, doch die Inhalte und Erkenntnisse waren schwer verdaulich und ernst im Magen liegen geblieben, wie immer, wenn man den Dingen einen Namen gab, wie immer, wenn man das Gedachte aussprach oder aufschrieb und somit greifbar machte.

»Weißt du, ich sitze hier mit einem Überweisungsschein in die Psychiatrie und kann dir offensichtlich nicht in ausreichendem Maße beschreiben, wie sich das für mich anfühlt, wie sehr mir das Angst macht. Ich komme mir vor, als stünde ich an einer Weggabelung und müsste mich zwischen zwei Richtungen entscheiden, von denen eine eindeutig nicht ins Leben führt, sondern am Leben vorbei, um das Leben herum, und obwohl auch ich mich auf den Sommer freue und grüne Wiesen sehe und Badeseen und die Sonne scheinen, ist mein Herz ganz schwer vor lauter Traurigkeit und mein Hirn hin- und hergerissen von deinen und meinen rationalen wie irrationalen Gedankengängen und Verhaltensweisen. Und dass auch du nicht mehr kannst und so nicht mehr willst, dass du Angst hast, dich distanzierst, macht alles noch schlimmer.«

Agatha war niedergeschlagen, als sie diese Zeilen formulierte, die Papiertischdecke, ein Souvenir aus Agia Galini, wo sie ihre letzten beiden Sommerurlaube verbracht hatten, löste sich an bestimmten Stellen bereits auf, sie sehnte sich nach einer Berghütte, nach Geborgenheit, sie suchte Halt an einem Menschen, der keine Henkel hatte, und fiel ins Bodenlose. Denn einer konnte auf Dauer nicht fröhlich sein für zwei und eine konnte auf Dauer nicht feiern, wenn sie innerlich am Heulen war. Ein Zustand, der sie beide wahnsinnig machte, ein Zustand, der beide verbog. Agatha war zu einem kleinen Mädchen geworden, zu einer Klette an der Friedhofsmauer, die sich um jeden Fuß rankte, der zu lange stehen blieb. Ihr Freund, anatomisch gesehen ein Dreibein, schrumpfte und mutierte zum Zweibein. Und doch hielten sich beide an ihren Händen fest und konnten nicht und wollten nicht: loslassen.

Warum fiel einem das Loslassen so schwer? Warum dachten Gefühle nicht? Warum veränderten sich zwei Menschen im Laufe der Zeit voneinander weg statt aufeinander zu oder, wenn das schon nicht ging, zumindest nebeneinander her? In einen anderen Menschen konnte man nicht hineinschauen, auch wenn er direkt neben einem im Bett lag, auch wenn er sich, wie in Agathas Fall, von einem die Haare und die Zehennägel schneiden ließ. Man konnte nur in sich hineinschauen und auch das war schwierig und mit Sicherheit kein Geschenk.

Oft wusste man nicht, welche Geschichten von Relevanz waren und welche nicht. Nicht einmal hinterher wusste man, wo vielleicht auch eine Agatha klüger gewesen wäre als zuvor. Und darum lassen wir sie noch ein wenig erzählen oder schweigen, je nachdem, was ihr lieber ist, von Seiten, die leer blieben, von einer Traurigkeit, die sich füllte wie Zeitungen mit Schlagzeilen, Fußbälle mit Beton und die Tage in Berlin. Schon nach den ersten Monaten war ihr klar geworden, dass sie hier nicht glücklich werden würde. Es war zu laut und zu groß und zu schnell und zu viel. Und doch stand sie sich seit nunmehr fast zwei Jahren mit ihrer Ungeduld und Unfähigkeit, flexibel zu sein und das Leben leicht zu nehmen, im Weg. Verdachte sich immer noch im Denken, dachte alles durcheinander, schliff Messer im Restaurant von Sarah Wiener, kochte Perlhuhn in Proseccoschaum für einen Fernsehsender, bewarb sich auch sonst, obgleich nur halbherzig, für potenziell in Frage kommende Jobs, las sich diverse Leben herbei, fand sogar eine beste Freundin, wusch, putzte und kochte, um überhaupt ein Leben, das auch Beschäftigung hieß, zu haben, beschäftigte sich trotz allem nur wenig mit sich, verließ sich stattdessen auf Worte und Geschichten und Träume, die ein anderer dachte, sprach und träumte: vom gemeinsamen Altwerden, von Bis-dass-der-Tod-uns-scheidet, von Kinderlachen, von glitzernden Kartoffeläckern und einer Ewigkeit.

Doch ein Versprechen war nur ein Versprechen und ein Wort nur ein Wort, nicht weniger und nicht mehr. Und so machte unsere Auslands-Agatha große Augen, sah tatenlos zu, wie ihr Tanzbereich immer kleiner wurde und wie einer, der nicht Michael hieß, jeden Morgen aufstand, sich unter die Dusche stellte und unter laufendem Wasser seine Zähne putzte, ihr hilflose Blicke zuwarf und schwieg, beim Hinschauen wegschaute, anschließend die Tür zumachte und verschwand, zur Arbeit ging und funktionierte, um dann des Abends wieder aufzutauchen, mehr oder weniger immer er selber. Nur Agatha funktionierte nicht, nur sie zog und zerrte an dem, was zwischen ihnen stand, an den Haaren, die zwischen ihnen lagen, tausend Jahre lang. Seit Wochen schon schliefen sie getrennt, nur noch ab und zu verbanden die Körperlichkeiten, was das Leben auseinandertrieb, ließen sie hie und da die Welt vergessen, die sich plötzlich anders drehte, eine andere geworden war.

Und Hausfrau Agatha putzte weiter brav das Bad, räumte das Schlafzimmer auf, schüttelte die Kissen, machte das Bett, gerade so, als ob sie sich wieder hineinlegen wollte, nächtens, wie man das gerne machte, weil es bequem war, weil sie logen, die Daunenfedern, die vogelkranken, weil sie unschuldig waren und weich und weiß, weil man sich wünschte, dass alles wieder gut würde am Ende vom Tag, weil man oft nicht den Mut und die Kraft aufbrachte, ein Bett zurückzulassen, in den Regen hinauszugehen, wenn in der Wohnung angenehme vierundzwanzig Grad herrschten. So kam es, dass sie blieb.

An dem Tag, als Agatha erfuhr, dass sie es aus sechshundert Bewerbern an die Spitze eines Unternehmens geschafft hatte, das mehr Berlin nicht sein konnte, und ab sofort wieder von neun bis neun würde arbeiten dürfen, war die Freude groß. Normal sind die Menschen nicht. Wo bereits jedes Kind weiß, dass es im Leben sicher nicht um die Arbeit ging. Auch Agatha wusste das, aber wie so oft ignorierte sie das feine, dünne innere Stimmchen, das sehr wohl signalisierte, was gut für sie war und was nicht, was sein musste und worauf sich verzichten ließ in ihrem Leben. Und dann tat ja auch der liebe Gott noch ein Übriges und verpickte uns die Ohren mit Ohrenschmalz und die Augen mit Sandmannsekret, dass man nur ja nicht zu viel mitbekam, dass das Außen vom Innen nur ja schön getrennt blieb. Schöne, heile Welt. Auch im Nichtleben lebte man ja.

Agatha war viel herumgekommen, mehr als zehnmal umgezogen, ausgewandert, hatte immer schon fünf Sachen gleichzeitig gemacht, war glücklich und unglücklich gewesen, fröhlich und traurig, Ersteres freilich mehr an der Oberfläche, hatte in diversen Sprachen gelebt und geliebt – immer wieder die Liebe, es war zum Aus-der-Haut-Fahren –, um letztendlich oder vorläufig, denn das Leben ging ja weiter, immer wieder an einem Punkt anzukommen, an dem es reichte, definitiv reichte, an dem alles mehr als genug war, vielleicht auch viel zu viel, nie zu wenig oder genau richtig. Nicht umsonst hatte Daniil Charms das Ungleichgewicht der Welt mit anderthalb Kilogramm berechnet, auch wenn ein Arzt mit einer derartigen Zustandsdiagnose in den seltensten Fällen etwas anzufangen wusste.

Auch der neue Job stabilisierte Agatha nicht. Die Spree führte auch weiterhin, freilich nur aus ihrer Sicht, ständig Hochwasser. Überschwemmungen und Muren kamen zu Tage, die Schmutzspuren und Dreckspritzer auf ihren Waden und weißen Hosenstummeln hinterließen, genau wie das auch beim schnellen Gehen auf verregneten Straßen und sumpfigen Wanderwegen passierte. Berlin dreckte, brodelte, schmutzte, alles setzte ihr zu: die Exfreundin von Nummer sieben, die dringend nach Sopron fahren sollte, um ihre Nase richten zu lassen, seine Exfrau, der sie intuitiv die Hand reichte, um sich mit mehrjähriger Verspätung in ihre Reihen einzugliedern, unfreiwillige Scientology-Berührungen mit obskuren Schweigegelübden und verwanzten Hotelzimmern, eine Laufbahn in Endlosschleife, auf der sie sich permanent selber einholte. Das alles war zum Verrücktwerden, wer würde da nicht verrückt werden? Und so wurde sie also ein bisschen verrückt, unsere Agatha, ging hin in Frieden, räumte den Geschirrspüler weder ein noch aus, übersiedelte gleich nach dem späten Erwachen direkt vom Schlafzimmer ins Wohnzimmer, um dort vor dem Fernseher mit sinnlosem Seriengeplänkel die Zeit und das schöne Wetter totzuschlagen, aß zu viel und schenkte auch die Gläser artig voll, damit sich die Frage, ob das Glas halb voll oder halb leer war, gar nicht erst stellte. Als ihre Schwester zu Besuch kam, hatte der Haufen Elend seinen vorläufigen Höhepunkt erreicht, sämtliche Grenzwerte waren überschritten, die Sirenen gaben Daueralarm und Agatha – äußerlich wie innerlich verändert – war nicht wiederzuerkennen.

Es kann und es darf in einem Leben nicht ausschließlich um die Liebe gehen. Schreiben wir es an dieser Stelle gleich noch einmal hin, damit wir es auch glauben, am besten mit den Zeilen der Lassie Singers: *Liebe wird oft überbewertet / Liebe ist nicht so wichtig wie man denkt / Liebe ist nur ein Teilaspekt des Lebens / und die anderen Teile sind auch nicht schlecht*

In Summe gesehen mochte Agathas Berlin ein Sonnenuntergang gewesen sein. Doch genau wie die Sonne jeden Morgen wieder aufging, alles, was kam, wieder ging, gehörte auch die Lektion des Sterbenlernens zu einem Leben dazu.

Berlin, Wien, ein Dorf auf dem Land, wohin man auch schaute – überall Depressive. Da können wir den Plot auch gleich zurück nach Österreich verlegen, denn dort ging es ja hin nach den zweijährigen Berlinkapiteln, gingen sie ja hin, unsere Agatha und Nummer sieben, zurück nach Wien und gleichzeitig auch immer wieder weg aus Wien, wenn ihnen ihre gemeinsame Wohnung zu eng wurde, sie sich nicht länger ertrugen und in Hotelzimmer, Landpensionen, Elternrefugien und auf Freundinnenmatratzen flüchteten, um zu verschnaufen. Letztendlich war es ja völlig egal, wo man sich aufhielt, auch wir wollen uns nicht länger aufhalten damit, denn während die einen durch den Wald rannten, sperrten sich andere, die keinen Wald hatten, eben im Keller ein und versuchten es zuallererst mit Zustandsignoranz: Alkohol, Essen, Fressen, Laufen, Davonlaufen. Oder sie wurden Schriftstellerin oder bildeten sich das zumindest ein. Aber wenn auch all das nicht mehr half, wenn man eine Situation trotz vehementer Ablenkungsstrategien nicht mehr ertrug, nicht länger tragen konnte auf zwei Schulterblättern, dann musste man mitunter zu härteren Mitteln greifen, die wie Affirmationen mit A anfingen. Doch das brauchte Mumm. Wie gut, dass unsere Agatha welchen hatte.

Mit Affirmationen konnte man sie jagen, ja, gerne auch den Berg hinauf, Sie wissen schon, diese Leit- und Glaubenssätze, die man sicher nicht hören, geschweige denn aussprechen möchte in Zeiten, da es einem schlecht geht. Und doch hatte sie sich eine ganze Woche lang, Wien hinter sich lassend, den nahe gelegenen Wechsel umkreisend, den Hoch- und Niederwechsel erklimmend, jeden Morgen brav etwas vorgebetet, so weit war es gekommen, so tief war sie gesunken in schwindelnder Höh'. Doch als auch das Leiern und Seiern und Beten und Treten an der frischen Luft nichts mehr halfen, blickte Agatha, freilich nicht freiwillig, der Wahrheit ins Auge, die allerorts dieselbe blieb und die unangenehmer nicht sein konnte, unangenehm, aber unausweichlich, da war sich unsere Agatha, die in einem Dorf voller zugezogener Vorhänge, vorgehaltener Hände, unausgesprochener Halbwahrheiten und neugieriger Metzgersaugen aufgewachsen war, ein Dorf, in dem sogenannte Behinderte und sogenannte Nichtbehinderte zusammenwohnten, ganz sicher.

Die Verpackung aus Plastik und Aluminium erinnerte Agatha – nicht zuletzt aufgrund der perforierten Tageskennzeichnungen – an die Pille, mit dem Unterschied, dass ihre Pillen nicht gegen Embryos wirkten, sondern gegen Kopfgeburten. Wir wissen nicht, woran man schwerer trägt. Agatha indes wusste, wie sich das Wort Tabu buchstabierte: T-a-b-u. Aber über eine Begrifflichkeit Bescheid zu wissen und sie durch und durch aufzunehmen, zu begreifen, waren zwei Paar Schuhe oder ein ungleiches Paar, von dem der linke jahrelang im dunklen Regal auf der Stelle trat, während der rechte im Schaufenster vor sich hin verblasste. Genauso verhielt es sich auch mit der Wahrheit oder den Wahrheiten, die man zu verschweigen suchte oder einfach nicht aussprach, weil sie eigentlich keiner hören mochte. Man selber am allerwenigsten. Und doch war es wichtig, die Dinge beim Namen zu nennen, auch wenn es einem schwerfiel, schwerer, als zehn Baumstämme wogen oder ein Rucksack, mit dem man zwei Monate lang per Interrail durch ganz Europa reisen konnte. Irgendwann musste das Totgeschwiegene zum Mund heraus, hör-, sicht- und greifbar werden, angreifbar, aber was sprach schon dagegen, sich manchmal ein bisschen angreifen zu lassen, ein bisschen ausgreifen, das war schon auszuhalten, denn es war wichtig, ehrlich zu sein, offen, bis zur letzten Pore, vielleicht sogar der ganzen Welt gegenüber, auch all jenen, die das Eigenleben mit Sicherheit nichts anging, gar nichts, die überfordert waren und sein würden mit so viel Wahrheit, mit mehr Information, als sie sich wünschten, Menschen, die klein waren, negativ, böse, zerstörerisch, gemein, die Frühling, Sommer, Herbst oder Winter hießen, Sylvia vielleicht auch. Alle würden sie, am Ende endlich ehrlich, an einem kalten Eisenhaken in der Kühlkammer eines Schlachthauses hängen, in zwei Hälften zerhackt, ausgeblutet, borstengezupft, und es würde sich richtig anfühlen, richtig, leicht und gut. Denn so war sie, die Gerechtigkeit der Welt, kalt und nüchtern.

Aber noch war es nicht so weit, noch hing unsere Agatha an keinem Haken, der sich Dorfleben oder Ehe oder *Narkose Endreihenhaus* nannte, noch war sie am Leben, und wenn es nach ihr gehen sollte, dann würde das auch noch eine gute Weile lang so bleiben.

Agatha hatte oft gelogen im Leben, aus ihrer Sicht freilich nie, wenn es um wichtige Dinge ging, Houellebecq'sche Teilchen, aber selbst da blieb die Frage im Raum oder sonst wo stehen, wie sich elementar definierte im Kontext eines jeden Menschen. Sie hatte sich nicht nur grün und blau, sondern oft auch krank und gesund gelogen, denn zum Schluss machte ein jeder nur sich selber etwas vor. Die brustlose Agatha hinkte und lahmte ja allenfalls im Geiste – im tagtäglichen Leben war sie weder zuckerkrank noch des Lebens müde, im Gegenteil, sie erfreute sich bester Gesundheit, war kerngesund und immer schon gesund gewesen, medizinschultechnisch, heilpraktisch, esoterisch-alternativ gesehen, außer jetzt vielleicht, was sich als ausschlaggebend erweisen sollte für eine spätere Weichenstellung, von der alle Bordcomputer und Gleisarbeiter der österreichischen Bundesbahnen, überhaupt der internationalen Bahnlinien, noch würden lernen können, besonders an Tagen, an denen es donnerte und blitzte und mobiler Stillstand herrschte. Unsere Agatha war nicht immer fleißig gewesen, kein emsiges Bienchen, hatte sich des Öfteren treiben lassen und dennoch dazugelernt: Agatha, die Bahnmeisterin, Agatha, die Weichenstellerin, Agatha, die Konstrukteurin der Mobilitätsmaschinerie, die man auch Welt nennen könnte. Welt oder Leben.

Wer schon einmal krank war, der sprach in der Regel nicht so gerne darüber, außer er war über vierzig und alleinstehend oder er kam aus Österreich.

Doch zurück zu den Kopfgeburten: Die Lauenbach Austria GmbH in der Corneliusgasse 3 in Wien hatte die Tabletten fein säuberlich von bulgarischen Straßenkindern fertigen lassen. Und als handelte es sich um Plastilinkügelchen oder eingetrocknete Rotzklumpen, dachte sich Agatha eines Morgens, der sich wie Nacht anfühlte: »Was soll's?«, und so sollte es sein, dass ihr die Filmtabletten zum Film wurden und Amitriptylin, Maisstärke, Laktose, Siliciumdioxid und wie sie alle hießen zu lieb gewordenen Begleitern – Maisstärke kannte sie schließlich schon aus Kindertagen, da war die Welt noch in Ordnung, das konnte nichts Schlechtes sein, selbst die Weltgesundheitsorganisation hatte die Wunderbrause Amitriptylin 1977 in die Liste der unentbehrlichen Medikamente aufgenommen.

Es war immer wieder erstaunlich, wie viele Schläge ein Rocky Balboa einstecken konnte. Es war heilsam, hoffnungsweisend und beruhigend, dass, egal was einem widerfahren war im Leben, die Zahl der schlechten Tage langsam ab- und die der guten langsam wieder zunahm, dass endlich wieder ein Morgen kam, der sich leicht anfühlte, der mit einem zaghaften Lächeln begann und am Abend mit einem breiten Grinsen endete, dass plötzlich ein Telefon läutete und jemand dran war, mit dem man überhaupt nicht mehr gerechnet hatte. Auch wenn das chemischen Support und viel Geduld brauchte, Durchhaltevermögen, Ausdauer – Talente, mit denen Agatha weiß Gott nicht gesegnet war –, so besaß sie doch einen steinernen Überlebenswillen und eine Menschenfaser, die so tief verwurzelt war, dass sie mit aller Gewalt der Welt nicht gezogen werden konnte, nicht gezogen, gerissen, gezupft, von *Mütterchen zieht Väterchen und Väterchen zieht die Rübe.*

Wer bitte schön kommt auf die Idee, dass unsere Agatha, gerade erst auf dem Genesungsweg, in vier Wochen einen Unfall erleiden würde, Sie etwa, sind Sie vielleicht krank oder pervers, sofort setzen Sie jetzt Ihre Scheuklappen auf und denken gefälligst ein bisschen positiver!

Agatha und ihre Nummer sieben, die mitunter auch *Hund oder Sau oder Leben* hieß, bekamen Besuch aus Berlin, von wo sie erst Anfang des Jahres zurückgekehrt waren, Wien, das nunmehr ihre neue Heimat war, wenngleich die seine ein weiteres Mal mehr als ihre, Wien, das für sie aber zumindest hätte Heimat werden können, auch wenn es heißt: *Provinz ist, wo ich bin.* Es waren die ersten schönen Tage Agathas seit Monaten. Voller Hochschaubahnen, Grillstelzen, Liegewiesen, Nachtgespräche, Prosecco-Aperol und Streifzüge durch eine sommerliche Stadt, die sie seit ihrer Ankunft endlich wieder in der für sie charakteristischen Farbenvielfalt und Weltoffenheit wahrnehmen konnte. In einer viel zu kleinen Küche wurde erzählt und gelacht, gestaunt und gehofft, sodass sich Agathas Vergangenheit unspektakulär, leise und also auf die einzig vernünftige Art und Weise mit ihrer Gegenwart, vielleicht sogar ihrer Zukunft verbinden konnte. Grüne Tage waren das, die ihr vom ersten Augenaufschlag an bis zum Einläuten der Geisterstunde eine Vorfreude und Ahnung auf bessere Zeiten versprachen, ein Zustand der Unbeschwertheit, der für sie, die gewöhnlich die Last der Welt auf ihren Schultern trug, nur Glück bedeutete. Doch Glück war nichts, was blieb. Als sie am Morgen nach diesem fünftägigen

Rausch, nach dieser temporären Berauschtheit erwachte und in die Augen ihres Gegenübers blickte, die blau waren und vertraut und traurig und tief, da wusste sie, dass etwas passiert war während der vergangenen Nächte und Tage und der Zeit dazwischen, etwas, was sie vor lauter Größe und Komplexität und Intensität nicht begreifen konnte: Es war zu spät.

Sie hatten am Vortag ihre beiden Freunde zum Flughafen gebracht, um Lebewohl zu sagen, und sich versehentlich auch von sich selber verabschiedet. Agatha wie immer wortlos. Nummer sieben mit einem: »Es war sehr schön, es hat mich sehr gefreut.« Ein Versehen, das kein Versehen war, ein Verhalten, das Konsequenzen haben würde. So schnell ging das, wenn zwei Menschen nicht dachten, bevor sie den Mund aufmachten oder ihn gleich geschlossen ließen, wenn etwas, was sich Leben oder Lieben nannte, der Unterschied lag ja nur in einem Vokal, zu spät war und nur noch Dunkelheit mit sich brachte, Existenzverlust, Nervenzusammenbruch, Taumeln, Ohnmacht, Totalschaden. Nichts ging mehr. Alles stand still: Das Herz schlug nicht, das Gehirn setzte aus, der Körper sackte in sich zusammen, das Gerüst stürzte ein, der Geist entschwand, versuchte, am Abgrund angekommen, sich in etwas anderes zu verwandeln, in einen schwarzen Panther zum Beispiel, der, *mit weichem Gang geschmeidig zarter Schritte, um seine Mitte tanzte.*

Agatha, die Brustlose, war an diesem besagten Morgen am Ende der Welt angekommen – in ihrem Fall ein weißes Laken, zwei mal zwei Meter groß, mit einem Panther drauf, der langsam munter wurde, irritiert, verängstigt, und der sich in wilder Hilflosigkeit ein letztes Mal auf sie stürzte.

Agathas Fingernägel waren spitz geschnitten, ungefeilt, spröde – nicht die schlechtesten Voraussetzungen, wenn man zum Zahnarzt musste und wie ein kleines Kind den Mund nicht aufmachen wollte. Brettsteif und versteinert sagte sie schließlich doch Ja und Amen, freilich auf einem Stuhl, der in keiner Kirche stand, und bohrte ihre Fingernägel in die Sitzpolsterung, dass es nur so knirschte, beinahe lauter als die Gaumenspritze. Aber auch das ging vorbei, weil jeder seine tiefste Angst überwinden konnte, oft so einfach, dass es schon wieder schwierig war, aber hinterher durfte man dann stolz auf sich sein, das Überwinden und Muthaben und Kämpfen gaben einem ein gutes Gefühl. Mit tauber Zunge und geschwollener Backe fuhr Agatha in die Innenstadt, um sich eine goldene Handtasche zu kaufen, passend zum goldenen Zahn. Sie sah die rote Ampel nicht, genau wie das Unglück nicht kommen. Vielmehr stieg sie noch aufs Gas, schloss ihre Augen, schickte ein kurzes Stoßgebet gen Himmel und bog mit hundertachtzig Stundenkilometern um die nächste Ecke, in der Hoffnung, dass kein Gegenverkehr käme, dass sich ihr keiner in den Weg stellte, der dann tot sein würde für den Rest seines Lebens.

Seit Längerem schon war Agathas Reaktionsvermögen stark beeinflusst und also verstärkte Vorsicht geboten bei jeder Art von Tätigkeit, die eine erhöhte Konzentration erforderte, wie das Lenken von Fahrzeugen beispielsweise, das Bedienen von Maschinen oder das Um-die-Ecke-Denken. Doch ihr, die im Grübeln täglich fünf Meisterpokale abstaubte, blieb keine andere Wahl, als spätestens am Morgen beim Zähneputzen einer Realität ins Auge zu blicken, die genauso chronisch wie akut daran scheiterte, aus der Summe einzelner Agatha-Gene, Agatha-Knöpfe, Agatha-Hebel und Agatha-Teile zahnrädchenhaft ein Puzzle zusammenzubauen, das sicher nicht bei Ravensburger auf der Hitliste stand.

Unsere Grüblerin und Graberin vor dem Herrn, Totengräberin hätte sie werden sollen, Steinchen zählen, Spaten stechen, Gräser rechen, Tag für Tag, nie dachte sie daran, auch an sich selber zu denken, vor allem an sich selber – beim Jasagen, beim Straßenüberqueren, beim Händchenhalten, beim Kirschenpflücken. Was wollte man machen? Ihr fehlten eben zum Teil die Hupen und Knöpfe und Hebel, die einen im täglichen Verkehr vor möglichen Kollisionen warnten. Und doch musste ein jeder Mensch mit den Bauteilen auskommen, die er von Gott erhalten hatte.

Unser zweiter Protagonist dieses Zusammenpralls kam indes von der anderen Seite um die Ecke gebogen, nicht minder zügig, hatte zwar sein Hörgerät vergessen, war aber dafür im Gegensatz zu Agatha mit einer Hupe ausgestattet, was nur zwei mögliche Schlüsse zuließ und zulässt, damals wie heute: Erstens, unsere liebe Agatha war blind und zweitens, ihre Nummer sieben taub – eine vielversprechende Kombination, eine zukunftsträchtige Paarung, bei der man nur raten konnte, bereits im Reagenzglasstadium einzugreifen oder aber, sollte es tatsächlich zum Äußersten kommen, zumindest sicherzustellen, dass ein jeder für sich die Straßen des Lebens überquerte. Ein Maulwurf und ein van Gogh. Ein Regenwurm und ein Beethoven.

Nach dem Zusammenprall war es erst einmal so finster, als würde man Brombeeren pflücken gehen in schwarzer Nacht. Die Sinus-Cosinus-Kurven des Lebens zeigten nur mäßigen Ausschlag. Eine Woche lang lag Agatha im Koma. Nummer sieben wurde noch am Unfalltag mit der Diagnose Gehirnerschütterung und Tinnitus aus dem Krankenhaus entlassen, was den verantwortlichen Arzt in einer nahen Zukunft seine

Stellung kosten sollte. Denn die nicht registrierten inneren Blutungen und Quetschungen machten sich erst im Spätsommer bemerkbar und bewirkten bei Agathas Aufprallpartner einen Synapsenzusammenbruch der Superlative, der ihn wie einen Maibaum, der gestürzt werden will, zu Boden krachen ließ. Unsere Agatha indes erwachte, ohne geküsst zu werden, aus ihrem Schlaf, und es sollte ihr von Tag zu Tag besser gehen.

So war das mit dem Leiden und dem Sterben: Die einen verreckten nach und nach, die anderen traf es auf einen Schlag. Und wenn bei »Reich und Schön« nach Jahren eine Tote wieder im Geschehen auftauchte, weil ihr offenbar das Geld ausgegangen und die ultimative Filmrolle ausgeblieben war, dann konnte Agatha das auch ohne Skript: sich wieder ins Leben schreiben.

Nach dem Unfallcrash ihres Lebens, nach Totalschaden und Blaulichtsirenen versuchten beide wieder zur Besinnung zu kommen, flüchteten und retteten sich in unterschiedliche Richtungen davon. Nummer sieben wurde Dorfmeister in einer Gasse in Wien. Agatha zog nach Oberösterreich und handelte mit Ersatzteilen. Beide telefonierten sich noch, gehirnerschüttert und mehr oder weniger schuldgeplagt, durch die internationalen Krankenhäuser, Polizeistationen und sonstigen Notfallnummern, wie man das so machte, wenn jemand scheinbar vermisst wurde, wenn man jemanden verloren hatte, vielleicht aber auch nur, um das eigene Gewissen zu beruhigen, um sicherzugehen, dass sie den anderen jeweils nur verletzt und nicht komplett ausgelöscht hatten. Insgesamt verlief die Suche halbherzig und ohne Erfolg. Das Ende blieb unausgesprochen.

In der nicht existenten Kulturrubrik der Kronen Zeitung, Österreichs auflagenstärkster Boulevardzeitung, stand die

Headline: Neuinszenierung von *Romeo und Julia* kläglich gescheitert.

Ganz egal ob uns das passt oder nicht: Das Leben geht weiter. Und so fiel auch Agatha nicht zurück ins Koma oder den hundertjährigen Schlaf, sondern reckte und streckte sich im Gästezimmerbett ihrer Eltern, das sich gleichzeitig fremd und vertraut anfühlte – die Sonne strahlte ungefragt. Das Schicksal hatte ihr keine andere Wahl gelassen, als ihr altes Leben mit allem und jedem, der dazugehörte, hinter sich zu lassen. Kein freiwilliger Entschluss, keine leichte Entscheidung, vielmehr ein steiniger Weg, der mitunter auf den Hochlecken führte oder gar auf den Traunstein hinauf, von dem gar nicht so viele Leute herunterstürzten, wie gemunkelt wurde. Agatha war ein Crashtest-Dummy, ein Versuchs- und Selbstversuchskaninchen, ein unausgereiftes Figürchen in ihrem eigenen Liebesstück. Sie brauchte lange, bis sie so weit war, zumindest einige Dinge auszusprechen, die passiert waren, ihr passiert waren, mit ihr passiert waren, Dinge und Zustände, für die sie nur schwer die passenden Worte fand, denn U-n-f-a-l-l passte nicht. Amputation, Herzversagen, Implosion, Super-GAU trafen die Sache schon eher, wie eine Analphabetin kam sie sich vor, wie eine Tafelklässlerin, die gerade lernte, eins und eins zusammenzuzählen. Doch eins und eins gab es nicht mehr und eins und eins ergaben nicht mehr zwei und Adam Riese machte in Agathas Abrechnung überhaupt null Sinn. Letztendlich war es auch egal, wie der Tatvorgang abgelaufen war, wer was getan oder unterlassen hatte, wer taub oder blind oder blauäugig war, wer zu schnell und wer zu langsam, Schuld hatte ja nie einer alleine, Schuld hatte in so einem Fall wahrscheinlich überhaupt niemand, es kam, wie es kam, es war, was es war, und also egal, es musste egal sein, wie sollte man sonst weitermachen?

Was blieb an einem Punkt, an dem man immer noch glaubte, der ganze Körper wäre ein einziges Herz, das Blut spuckte und Brocken pumpte, das rückwärts fluchte, derweil man vorwärts betete, blass und blutleer, weil damit wurde in Zukunft das eigene Revier markiert, damit zeigte man der Welt, dass es sich ausgeblutet hatte, damit zog man eine Blutspur von einem zum anderen, von diesem zum nächsten, als ob es ein Morgen gäbe, als ob man nicht wüsste, dass es kein Morgen gab, für den anderen vielleicht schon, weil der litt ja gefühlt immer weniger, der lenkte sich ja besser ab, der hatte ja gelernt, dass das Leben weiterging, und seine Pläne an einem geheimen Ort platziert, hinter einem Schloss versperrt, das keine Liebe der Welt zu sprengen vermochte. Für den, der ging, war es immer leichter. In den ersten Trennungswochen kam Agatha nur langsam voran, wurde immer wieder von Nummer sieben überholt, zur Seite geschubst, in den Graben gestoßen, sodass sie von Minute zu Minute weiter zurückfiel, ihm konnte sie das ja unterstellen, jetzt, da es kein Jetzt mehr gab, ihm konnte sie nunmehr alles in die Schuhe schieben, die nach wie vor unordentlich im Gang herumstanden, der nirgendwo hinführte, außer vielleicht zur Tür hinaus. Sie selber verdaute die Niederlage anfangs nur schwer, sie selber wünschte sich, als Nummer sieben am Horizont verschwand, den Tod herbei, der sich freilich nicht einstellte und blicken ließ wie ein Geburtstag, der zumindest einmal im Jahr verlässlich und pflichtbewusst an die Tür klopfte. Vielleicht war das so in einem Leben, dass es nicht nur einen passenden Partner bereithielt, vielleicht sollte es einen kaltlassen, das Bäumchen-wechsle-dich, vielleicht sollte man sich tatsächlich mit Dingen abfinden, die man nicht ändern konnte, bestimmt sollte man das, aber Agatha war heiß und nicht kalt und Agatha zweifelte an der Verzweiflung und verzweifelte am Zweifel, und Sie sehen ja, wohin das führte, der Versuch zu lieben, die vergangenen Jahre und der Wahnsinn der Welt: in ihren Heimatort, in ihr Elternhaus, in etwas Kleines, Überschaubares, Vertrautes.

Letztendlich war alles so banal. Sogar die Liebe war austauschbar. »Wenn das so ist«, dachte Agatha, »dann können mich alle mal. Es kann doch nicht sein, dass man für nichts leidet, dass man alles umsonst ernst nimmt, dass da ein Mann daherkommt und mir jahrelang den Kopf verdreht, bis ich nicht mehr weiß, wo oben und unten ist, der mir die Hirnstränge verknotet und das Gefühlsgarn verzwirnt, bis nur noch Verwirrung herrscht, Verspinnung, Verknotung, Verklumpung. Und dann ist plötzlich alles vorbei, auf einen Schlag, einfach so und natürlich nicht einfach so, all die Jahre, all die Haare, all die Beziehungsfäden, weil er den Knoten gordisch löst. Wie blöd bin ich eigentlich, den hoffnungslosen Filz immer noch entwirren, aufknüpfen, auseinandersortieren zu wollen, ist das Leben vielleicht eine Handarbeitsstunde, schlag doch auch einfach hinein ins Knäuel, zweieinhalb Jahre auf einen Streich, du tapferes Möchtegern-Schneiderlein!«

Vielleicht konnte eine Liebe auch daran zerbrechen, dass eine sich einsperrte und abriegelte und zurückzog und der andere auszog, um das Fürchten zu lernen, dass eine weinte und der andere lachte, dass beide sich veränderten, aber leider in entgegengesetzte Richtungen, dass eine den Luxus Zeit lebte und der andere in einem fort arbeitete. Agatha sah zum Fenster hinaus und starrte ins Leere: eine Zimmertür, die einem Ketten umlegte, ein Weiß wie in einer Nervenheilanstalt, ein Hausmütterchen und ein Student, eine

Kaffeemaschine, die in der Mitte entzwei gesägt wurde, eine äußere Ordnung, ein Aufräumen, ein Putzen, ein Wischen und Fegen, die das Innenleben widerspiegelten. So war das mit den Hausfrauen, die auch nicht anders konnten, weil sie einen Mann zum Freund oder einen Freund zum Feind hatten, der das Wort g-e-m-e-i-n-s-a-m nicht zu buchstabieren vermochte.

Unentschlossen, ob sie sich nicht doch noch einmal unter der Decke verkriechen und dem Schlaf erneut eine Chance geben sollte oder lieber leise über die knarrende Treppe – die wie in einer kasachischen Familie mit lauter unterschiedlichen, teils alten, zerfransten, teils neuen Teppichen, Läufern und Decken ausgelegt war, der Katze wegen, die nach ihrem Tod genau wie ihre Vorgängerinnen in der Tierkadaverfabrik zu Seife verarbeitet würde – in Richtung frühstücksheile Welt ins Erdgeschoss schleichen, warf sie einen kurzen Blick auf ihr Telefon, das zwar keine Nachrichten anzeigte, auch keine eingehenden Anrufe, dafür aber eine Uhrzeit, die maximal einen Hahn zum Krähen brachte. Ein trotziger Gegenstand, der einmal mehr bewies, dass sich die Erde weiterdrehte, der über mehr Macht verfügte als unsere Agatha über Ohnmacht. Wie konnten wir es so weit kommen lassen, dass unser Leben mitunter vom Läuten eines Telefons abhing. Als Agatha in die Küche kam, stellte sie Milch für den Kaffee auf den Ofen, aber bereits nach wenigen Sekunden flockte diese aus, und so gab es eben keinen Kaffee zum Munterwerden, denn nur frischer Milch wegen sozialen Kontakt zu suchen, erschien keine Möglichkeit, die in Frage kam. Und so blieb sie müde, sah fern, aber nicht in die Ferne, und konnte sich, nachdem sie immer wieder eingenickt und in Gedanken versunken war, erst zu Mittag dazu aufraffen, eine kalte Dusche zu nehmen, sich anzuziehen, wie so viele Leute es tagtäglich machten, ohne größere Anstrengung und ohne überhaupt darüber nachzudenken, suchte auch am Nachmittag zwischen dreckigem Geschirr und abgelegten Kleidungsstücken, zwischen einem Telefonat und einer gedanklichen Joggingrunde nach ihrer Lebensfreude.

»Schau in das Ei, Agatha, siehst du nicht, wie gelb der Dotter ist? Siehst du nicht den blauen Enzian, ganz oben auf dem Felsvorsprung, warm ist es auf deiner Haut und Semmeln krachen und knuspern und es duftet herrlich frisch nach gewaschener Wäsche, freust du dich denn nicht, so freu dich doch, es ist doch alles in Ordnung, du bist in Ordnung, Agatha, hörst du mich?« Sie war für zwei Tage bei ihrer Freundin in Grieskirchen eingeladen und hatte also endlich wieder einen Grund zu duschen, denn alleine, nur für sich genommen, war sie sich immer noch nicht Grund genug, für dieses und auch für jenes nicht. Vielleicht dauerte es einfach eine gewisse Zeit, bis man wieder seine ureigensten Bedürfnisse erkannte, bis man wusste, was einem guttat, bis man sich zu Dingen zwang, zu denen man sich nur deshalb zwingen musste, weil sie über die Jahre verschüttgegangen waren, weil einem theoretisch zwar vieles klar war, das Handeln im Prozess des Entliebens aber praktisch keine Frage der Kausalität darstellte, im Gegenteil, vielleicht war das Handeln gerade dann die unlogischste Tätigkeit überhaupt.

Vielleicht war aber auch einfach das Absetzen der Wunderpillen schuld an ihrer indifferenten Gefühlslage, vielleicht wollten sie keine Wunder mehr vollbringen, vielleicht war jetzt wieder einmal Schluss mit lustig, aber nein, das durfte nicht passieren, das würde sie unter keinen Umständen zulassen, zu hoch war der Preis, den sie dafür zu zahlen hatte. Und so bemühte sie sich und stand auf, öffnete, beschwingt vom Lachen ihrer Freundin, das aus dem Nebenzimmer zu ihr herüberdrang, das Fenster, sodass die Sonne hereinstrahlte, es nach frischem Heu roch und sie die Vögel zwitschern hörte, die sich nicht länger mit Agathas eigenen unterhalten konnten, da sie diese erst kürzlich in die Freiheit entlassen hatte. Zwei Tage in fröhlicher Gesellschaft und die Welt sah schon wieder ganz anders aus.

Zurück im Elternhaus ging es ihr gut mit den frischen Salatgurken und Tomaten im Beet, mit der Pflicht, den Rasen zu mähen und die Blumen zu gießen, mit all der Bürokratie, die ein angehendes neues Leben mit sich brachte, mit dem Geruch nach Sommer und Misthaufen, mit Grillfesten und Volksmusik und der Ruhe, wenn man sie mochte. Agatha steckte zwei Gurken in ein kleines Plastiksackerl und hängte dieses an die Garagentür der Nachbarin, mfg, mit freundlichen Grüßen. Das Gemüse passte, wie sich einige Tage später herausstellen sollte, perfekt in deren Wochenspeiseplan, wurde also gebraucht, welch schöne Fügung, war es nicht schön, gebraucht zu werden, war es nicht schön, wenn etwas passte, wenn man selber passte, in ein Kleid, in eine Wohnung, in einen Lebensplan? »Es braucht nicht viel zum Glücklichsein«, dachte Agatha bei sich, an einem dieser Sommertage, an denen die Welt schon beim Aufwachen in Ordnung war. Sie räumte den Geschirrspüler aus, beseitigte das Küchenchaos vom Vortag, schnappte den altgedienten Weidenkorb, in dem im Hotel Mama die Mülltrennung vollzogen wurde, und schlenderte gemütlich zur Abfallsammelstelle. Als sie die Plastikverpackungen und Dosen vom Papier und den Flaschen und also die Spreu vom Weizen trennte und alles in die richtigen Container verfrachtete, spürte sie einen kurzen Moment, das könnte ihr Leben sein.

Schon seit Tagen versuchte Agatha den Kampf mit der Konzentration aufzunehmen, die einfach schneller war als sie, sich hinter Ecken und in Mauernischen versteckte, immer wieder auf und davon rannte und sie ihr hinter her, bislang vergebens. Ob es ihr dieses Mal gelingen würde? Einen Versuch war es wert. Und so räumte sie, wie so oft in letzter Zeit, ihre Umgebung auf, um durch die äußere Ordnung auch die innere anzuregen, setzte sich raus auf die Gartenbank und versuchte alles, was in den letzten Wochen und Monaten passiert war, loszulassen, wurde ruhig und lauschte dem Rauschen der Blätter und den angenehm fernen Stimmen aus der Nachbarschaft. Sie roch die Eierschwammerlsauce aus dem Gasthof vis-à-vis, vernahm das Fluchen des Bauern, der die Holzarbeit erledigte, fühlte den frischen Wind, der ihr dann und wann über die Arme und das Gesicht strich und diese spürbar machte. »Aufmerksamkeit ist ein Anfang«, dachte sie. Es war ein ziemlich kitschiges Szenario, beinahe Rembrandt-Rubens-like, das sich da in gewaltigen Rosa- und Abendrottönen vor ihren Augen am Himmel formierte und an ein Stickbild aus der Volksschulzeit erinnerte, das sie einmal für den Religionsunterricht anfertigen musste. Die Sonne war noch am Untergehen, als sich bereits der Mond zeigte, wie es auch oft bei den Menschen zu Überlappungen und Überschneidungen kam und die Grenze zwischen Alt und Neu verschwamm.

Sie rannte immer die gleiche Runde. Je nach Kondition und Gemütslage brauchte sie zwischen fünfundvierzig Minuten und einer Stunde und zehn. An der niedrigsten Stelle stieg sie über den Gartenzaun und hielt sich dabei mit einer Hand am angrenzenden Steinsockel fest. So früh am Morgen waren Agatha und die Welt noch nicht im Gleichgewicht. Sie stöpselte sich die beiden Minilautsprecher ihres iPods in die Ohren und drückte auf play. Am liebsten mochte sie den Zufallsmodus, bei dem die ungefähr tausend abgespeicherten Lieder ganz willkürlich und überraschend daherkamen, im Gegensatz zu den Kurven und Biegungen der Straßen und Feldwege, die sie seit ihrer Kindheit in- und auswendig kannte. Wie schön und beruhigend Gewohnheit sein konnte. Agatha nahm den Schleichweg, der an den Garagen und Abstellräumen des nahe gelegenen Gasthofes vorbeiführte, und sah auf dem Rasen des angrenzenden Spielplatzes einen verlassenen Motorradhelm im Gras liegen. Gestern war Dorffest. Sie rannte und rannte. Ihre Kondition war hervorragend, die Gelenke zeigten sich ordentlich geschmiert. Bei Kilometer zwei Komma sieben lag eine Ratte am Straßenrand, mausetot, dem Kukuruzfeld entsprungen, direkt ins Unglück hinein. So schnell ging das. Der auftauchende Golfplatz war noch so gut wie ausgestorben, nur zwei Frühaufsteher schoben ihre Trolleys vor sich her. Das Gras, überzogen mit einem Samtteppich aus Tau. Sie fühlte sich besser. Nachdem sie das gestrige Telefonat mit ihrem Nichtmehr-Freund doch ziemlich aus der Bahn geworfen hatte, fanden ihre Füße diese jetzt wieder. Agatha zwang sich zur Beobachtung, sie zwang sich dazu, aufmerksam zu sein, sie sehnte sich nach einer Pause in ihrem Dramenstück, in dem das Publikum eifrig zu kalten Schnittchen und einem Glas Sekt eilte und die Schlange vor der Damentoilette länger und länger wurde. Ein Schwanz, der anstand, ein Rudel, das sich formte, eine fleischgewordene Leibermasse.

Sie spürte ihre Beine nicht mehr, ihr Körper war angenehm leicht und warm, ihre Gedanken verschmolzen mit dem Laufen zu einer Einheit, die sich wie Zuckerwatte anfühlte, wie *ein ständiges zwischen allen Möglichkeiten eines menschlichen Kopfes Denken, und zwischen allen Möglichkeiten eines menschlichen Hirns Empfinden und zwischen allen Möglichkeiten eines menschlichen Charakters Hinundhergezogenwerden*, um es mit Thomas Bernhard zu beschreiben. Der letzte Streckenabschnitt lag vor ihr, fast hatte sie es geschafft, die Kirchturmspitze wies bereits scharfe Konturen auf, schnell, Agatha, schnell, du schaffst es, aber da kamen sie auch schon wieder angeflitzt, die Gedanken, setzten zum Überholmanöver an, schrien hysterisch: links, links, rechts, schossen wie Pfeile und Blitze an ihr vorbei, schön gemein in der Zielgeraden, waren ein weiteres Mal schneller: »Ich glaube, die Stadt macht mich unglücklich. Ich glaube nicht, dass das mit uns noch etwas wird. Ich muss jetzt auf mich achten, ich muss nach vorne schauen, es ist, wie es ist, und es ist gut so, in einem halben Jahr lache ich darüber, er passt nicht zu mir, er will Spaß haben und lachen und tanzen und springen, er will Leichtigkeit. Und stopp! – ja, genau das mit der Fingerklappe –, was interessiert mich, was er will? Ich will. Ich will in der Wiese sitzen und Kuchen backen. Ich will Berge erklimmen und Köchin werden. Ich will eine Hausfrau sein. Ich will einen Bauernkrapfen, aber bitte ohne Zucker. Ich will Zeit haben und Ruhe. Ich will ich sein. Ich will einen Freund, der erwachsen ist, der nicht zwischen den Stühlen sitzt, sondern auf einem Traktorsitz, der sich nicht über die Arbeit, sondern über das Leben definiert, der keine Angst hat, der versteht, dass Ruhm und Geld in der Graberde angekommen wenig Bedeutung haben. Ich will ein neues Leben beginnen, einen neuen Weg einschlagen, Neues ausprobieren. Ich will mutig sein und stark und leuchtend. Ich will brennen, funkeln, glühen, verglühen. Ich habe genug vom

Nachtrauern, Nachgeben, Hinterherweinen. Es ist vorbei, es muss vorbei sein. Ich will wieder leben. Endlich.«

Zwischen seinen und ihren Zeilen, Telefonaten und Nachtgedanken, frühmorgendlichen Erkundungstouren auf dem Dorf, den Wanderungen, Pilgerungen zu Berggipfeln, Badeseen und Abfallbehältern für Buntglas hatte Agatha ein paar Antworten bekommen, sie waren zu ihr gekommen, einfach so, nicht dass es einfach gewesen wäre, die Durststrecke der letzten Wochen hatte sie in Kombination mit dem Wasserverlust durch zwei Löcher im Kopf fast zur Strecke gebracht, aber Unkraut verging nicht, wie es liebevoll hieß auf dem Land, und so war sie weitergewuchert, einer besseren Welt entgegen, in der sie sein konnte, wie sie war.

Agatha wollte nicht mehr zurück nach Wien, zurück zu Nummer sieben. In der Zwischenzeit ging es ja längst nicht mehr nur um eine Laune (des Schicksals?, des Lebens?), sondern um Wasser und Brot, um Abstand und Distanz, um Ich-Auslotung und Wir-Auflösung, um Würde und Gelassenheit, in Summe also ums nackte Überleben. In so einem Fall reichte die Liebe nicht. Sie reichte vielleicht bis zum Mond und bis zum eigenen Untergang, aber sie reichte nicht bis nach Oberösterreich und auch nicht in eine Gumpendorfer Straße, in der fünf Herren tagtäglich in ihre Computer klopften, als ob es um ihr Leben ginge. Sollten die sich ruhig einen Porsche zulegen und ein paar andere Spielzeuge gleich dazu, solche aus Metall und solche aus Fleisch und Blut, da musste man sich nicht so viele Gedanken machen, vielleicht noch über Farbe und Modell oder im zweiten Fall über Konfektionsgrößen, aber damit hatte es sich auch schon, alles locker Jungs, keine Entscheidungen, keine Verantwortung, keine Verpflichtungen, kein

Rechtfertigungsbedarf. Alles Peter Pan, alles easy. Nur *Sex and Drugs and Rock'n'Roll.*

Beim Schlagen der Kirchenglocken versuchte Agatha sich ihr zukünftiges Leben vorzustellen, wie das gehen sollte, ohne Kaffeesatz und Sternenhimmel, schließlich konnte sie nicht ewig im Elternhaus residieren, abwarten und Prosecco trinken. Doch alles brauchte seine Zeit, vor allem die Zukunft, die ihr mit Sicherheit nicht davonrannte, wohin auch, denken wir also unserer Agatha eine Zukunft herbei.

Vielleicht könnte sie ja Köchin werden. Zwiebeln schneiden gab ihr seit jeher ein ehrliches Gefühl, genau wie Germteig kneten und Zitronen auspressen. Das hatte sie ganz vergessen. Da konnte man sich nur wünschen, dass jemand in der Nähe war, der einen wieder daran erinnerte, wie schön und wie einfach das Leben sein konnte, erinnern wir sie also daran: Wo sechs Köchinnen, da zwölf Brüste, Agatha! Früher, als Agatha von der Arbeit heimkam, fing sie oft an, Obst und Gemüse für das Abendbrot zu schneiden, egal wie schlecht es ihr ging. Wenn sie daheim in ihrer Küche stand und Nudeln kochte und Lungenbraten mit saftigem Schinken ummantelte, dann war die Welt wieder in Ordnung. Dann standen ihre beiden Füße auf der Erde und wussten, dass sie da bleiben konnten, vielleicht für immer. An guten Tagen sah sie sich gar in einem vierhundert Jahre alten Gasthof zwischen Schweinsbraten und Wachtelbrüstchen stehen. Sie sah sich mit dem Beil in der Hand Hähnen den Kopf abschlagen, Hühnern die Federn rupfen, augenfunkelnd in die Sonne blinzeln, fröhlich pfeifend am Holzbrett selbst gemachte Gnocchi drehen. Eine Rückkehr in ihr altes Leben schien dann nicht mehr wünschenswert.

Auch heute war für Agatha ein guter Tag – Sie wissen schon, gute Tage, schlechte Tage, ganz schlechte Tage –, zurück vom Laufen und einem Anflug von Zukunft am Horizont hatte sie in der Küche klar Schiff gemacht, an den Matrosenlieder singenden Vater ihrer Grieskirchner Freundin gedacht, der manchmal bis vier Uhr früh mit Kopfhörern bestückt seine Runden mit dem Mähdrescher drehte, welch herrliches Bild. Stellen Sie sich einen Bauern vor, der über den Acker rattert und lauthals Freddy Quinn und Nana Mouskouri singt. Danach hatte sie das Haus in Ordnung gebracht, die Nachbaraugenobservation erfolgreich ausgetrickst und war vier Häuser weiter gefahren, um einer unsichtbaren Katze zu fressen zu geben und es sich auf der fremden Terrasse mit Blick in Richtung Vergangenheit und Zukunft bei einem Espresso gemütlich zu machen. Ruhe brauchte sie, das Rauschen des Windes, das ferne Getöse der Autobahn, den Blick auf weite Wiesen und einen Wald, der so viel Grün kannte, dass sich ein Pantonefächer eingraben konnte. Agatha machte die Augen zu, aber nicht lange, denn die sommermüden Fliegen, die sich auf Hand und Fuß niederließen, als wären sie ihr Eigenheim, verhinderten die vollkommene Entspannung. Ihre Fußsohlen waren eiskalt, sie würde sich Socken oder Hausschuhe holen müssen, ihr Genick war verspannt, ihre Haltung schief, was war nur los mit ihr? Warum musste sich ein Mensch immer wieder, jeden Tag aufs Neue, vorsagen, dass alles in Ordnung war, vorsagen, was er zu tun und was er zu lassen hatte, die Gedanken niederschreiben, weil sie sonst die Nacht nicht überlebten, warum war das so? Warum gab sich eine Agatha auf und her, warum löste sich eine Agatha, wenn sie liebte, in Luft auf, warum dachte eine Agatha immer wieder und immer noch an Nummer sieben und vergaß dabei sich selber, geben wir doch einfach ihrer Mutter die Schuld, den Müttern allgemein, von denen Selbstaufgabe erwartet wurde und wird, bei denen die Selbstaufgabe immer noch unter besonderen Kennzeichen im Reisepass steht, oder ist das jetzt ein wenig zu einfach gedacht, ist einfach denken nicht genau das, was unsere Agatha will und braucht, war sie nicht aufgrund von fehlendem Egoismus und Dauerrattern nach zwei Jahrzehnten zu Agatha der Brustlosen mutiert, zu einem heiligen Hüllen-Persönchen, wie ein Tobias Albrecht Jahre zuvor zu Rocko Schamoni? Wieder einmal wurde unsere Protagonistin von ihren Stimmungen umzingelt: Hände hoch!, Geld oder Leben!, Geht nicht, gibt's nicht!

Jemand, der derlei Wogen und Wellen in den Gehirnwindungen, die für das Fühlen bestimmt sind, nicht benennt, weil er den Namen dafür nicht kennt, mag jetzt vielleicht den Kopf schütteln, und bitte, meine Damen und Herren, schütteln Sie ruhig Ihre Köpfe, schütteln Sie sich ruhig, recht haben Sie, alles Recht der Welt dazu, aber all jene, die schon einmal mit solchen Tsunami-Ohnmachten zu kämpfen hatten, die brauchen sich nicht zu schütteln, es erschüttert einen dann ohnehin von selber, bloß dass aus dem Oberstübchen, in dem die Bäume wachsen, keine Äpfel fallen oder Goldstücke, denn Frau Holle hat sich ein anderes Plätzchen ausgesucht, hoch oben in den Wolken, wo sich vielleicht oder ganz bestimmt der liebe Gott versteckt hält, weil ihm auch schon alles zu viel wird.

Wann, wenn nicht jetzt: Agatha musste endlich lernen, die eigenen Befindlichkeiten und Wirrgedanken, die sich über die Jahre in ihrem Gehirnkasten eingenistet hatten, abzulegen, sie beiseitezuschieben und nicht stärker erscheinen zu lassen, als sie waren: einfache Gedanken nämlich. Da sagte dann ein tapferes Mädchen zu sich selber: »Komm in die Gänge, Agatha, schwing dich in deine Joggingschuhe und dreh eine Runde oder auch zwei, geh ans Telefon, ruf deine Freunde zurück, hau in die Tasten, räum die Küche auf, *schürz dir dein Röckele, gönn dir kein Ruh.*« Nach einer Stunde ging es dann meist schon besser. Jeder Mensch brauchte eine Aufgabe. Diese hier war tagtäglich für sie bestimmt.

Es war nicht gut, wenn einem das Leben belanglos vorkam, weil das war es nicht. Es war auch nicht gut, phasenweise keine Gefühle zu haben. Und dennoch gab es in beiden Fällen kein Entkommen, nur ein Aufstehen und ein Weitermachen und eine Hoffnung, die niemals ganz starb oder besser gesagt erst mit uns. Es gab kein Entkommen vor einem selber, weswegen Sie sich am besten gleich zu unserer Agatha auf die Bank setzen und versuchen in sich hineinzuhören, zu erkennen, wahrzunehmen, auszuhalten, zu ertragen. Zugegeben, Sie müssen nicht alle Erfahrungen auf Erden machen, aber diese eine schon, diese eine ist unumgänglich, diese eine kommt früher und später auf Sie zu, weil nur Sie in Ihrem Ober-, in Ihrem Unterstübchen aufräumen können, ausmisten, den Saustall, den man vielleicht auf den ersten Blick nicht sieht, aber riechen kann, pfui, wie das stinkt! Das braucht ganze Jahre, bis man sich wahrgenommen hat, und wenn Sie dann so weit sind und Hallo! sagen, Hallo!, Hallo!, dann fängt der eigentliche Wahnsinn erst an, dann geht es erst so richtig los mit der Reanimierung, von Mund zu Mund statt Auge um Auge, dann haben oder hätten Sie theoretisch erst die Möglichkeit, es besser zu machen, anders, größer und weiter als bisher, ein schwieriges Unterfangen freilich, denn Sie können sich dann immer noch für den leichteren Weg entscheiden, weitermachen wie gewohnt, weil man ist ja nie ganz unglücklich und unzufrieden, immer nur ein bisschen, immer nur ein bisschen mehr, und wem, wie unserer Agatha, die gebratenen Hühner in den Mund und die Jobs in den

Schoß fliegen, bei dem dauern eine Selbsterkenntnis und ein Veränderungsprozess mitunter lebenslänglich, abgesehen davon, dass wir uns ohnehin nur dann verändern, wenn wir müssen, wenn es nicht mehr anders geht, wenn wir an einem Punkt im Leben angekommen sind, an dem die Welt nur noch Loch und Lücke ist, an dem ein Bauchnabel und ein After im Mittelpunkt stehen.

Der Spätsommer zog ins Land und langsam, aber sicher hatte sich Agatha erholt: Sie war zur Ruhe gekommen. Hatte das Denken und das Telefon im Griff. Lenkte sich erfolgreich ab. Lief, kletterte, schwamm. Und fand, halleluja, tatsächlich ins Leben zurück. Was blieb, war das Bedürfnis nach einem Ende, das Klartext sprach. Und doch machte sie die Rechnung ohne einen Puttenjungen, der mit Pfeilen schoss, und ohne Narben, die nie ganz verheilten. Agatha konnte und wollte sich weder vollständig erinnern noch vergessen. Nummer sieben wollte sich nicht erinnern, nur vergessen. Beide Wege entsprangen einer Oberfläche, die ihnen zeigte, wo sie nicht standen.

Seit dem Crash vor ein paar Wochen hatten Agatha und Nummer sieben, bis auf wenige Sprachnachrichten und von Schweigen geprägte Telefonate, keinen Verkehr. Sie hatten sich nichts mehr zu sagen oder vielleicht auch zu viel, aber Worte konnten die Geschehnisse nicht ungeschehen machen. Wie alle Frauen wünschte sich Agatha insgeheim einen klaren Schnitt, wenn nötig mit Rasierklingenworten, Axthiebblicken und Messerstichtaten. Schweigen genügte nicht. Einen Namen für das, was geschehen war, wollte sie, um es fassen und begreifen, um weiterleben und neu beginnen zu können.

Wie sollte etwas Neues anfangen, wenn das Alte noch nicht zu Ende war. Sie hasste seine Vagheit, seine Unverbindlichkeit, die Ungewissheit und die Feigheit. In einer Welt, in der alles verging, wünschte Agatha sich nichts sehnlicher, als festgehalten zu werden. Ein Wunsch, so irrational wie die Liebe. Es lag an ihr, sich festzuhalten.

Agatha war eine Frau, die zwar schnell genug bis drei zählen konnte, aber nach dem Kommando dann einfach stehen blieb. Und so vermisste sie ihn immer noch. Offensichtlich war es aus, zum Aus-der-Haut-Fahren war es auf jeden Fall, ihre Koffer waren gepackt, die Wohnung leer geräumt, die Distanzen groß, das Schweigen unbarmherzig – und doch trieb sie dieses Ende, das ein unausgesprochenes blieb, zunehmend in den Wahnsinn, in einen Strudel hinein, der nicht mit Äpfeln und Rosinen und gerösteten Haselnüssen gefüllt war, dafür aber an den Meeresgrund führte. Da sie nicht wusste, was sie sonst tun sollte, fuhr sie ein paar Tage nach Kroatien, urlaubte mit Kurt, dem Kapitän, der gerne Ringelpiez mit Anfassen spielte, führte Zwiegespräche mit einer Sing- und Schnapsdrossel, die auf dem Baum vor ihrem Zimmer weilte, ließ sich die Sonne auf den Bauch scheinen, streckte die Zehen ins Meer, das fast zu schade war für unsere Agatha, die, triefnass vor lauter Unglück, den Himmel nicht von der Hölle unterscheiden konnte. Und so rannte sie drauflos, selbst in Kroatien rannte sie, das Laufen hatte ihr bei der Genesung geholfen und würde ihr also auch in Zukunft helfen müssen im Kampf gegen das Leben. Mit Musik in den Ohren und einem Gedankenwulst im Kopf, die nach und nach eins wurden und sich in mediterraner Luft auflösten, joggte Agatha sonnige Strände entlang, sprintete karstige Hügel hinauf und hinunter. Doch dann kam irgendwann der Punkt, an dem nichts mehr einen Unterschied machte, an dem es egal war, zu verharren oder aufzuspringen, zu lachen oder zu weinen, zu hoffen oder zu verzweifeln. Und so rief sie ihn schließlich an, wählte, zwischen Proseccoschaum und Meeresrauschen, seine Nummer, sieben Mal, schrie und weinte, flehte und bettelte, fluchte und betete so lange, bis sie bekam, was sie brauchte: verbale Ohrfeigen, Faustschläge, Platzwunden, Knochenbrüche, Fußtritte. *Fuck me like the whore I am.* Zweieinhalb Jahre zu zweit ließen sich einfach nicht von einem Tag auf den anderen abschütteln, von Anruf zu Anruf wogen sie schwerer, wurden sie mehr, die blauen Flecken, zeigten sie Hochwasser, die leeren Augen, spitzten sie sich zu, die pochenden Adern, doch so verhielt es sich nun einmal mit der Wahrheit und dem Ende einer Liebe: Jemand musste sie aussprechen, laut und deutlich, sie wiederholen, einmal, zweimal, dreimal, wenn nötig, bis die Turmuhr Mitternacht schlug, damit der andere zu einhundert Prozent begriff, was los war, damit das Gesagte selbst die dümmste und taubste Menschenfaser erreichte, damit selbst der Körper begriff, was Verlust hieß.

»Es ist vorbei. Ich liebe dich nicht mehr.«
»Es ist vorbei. Er liebt mich nicht mehr.«

Schön, wenn eine Liebe plötzlich nicht mehr vorhanden war. Lustig, wenn die Gefühle verstecken spielten. Fein, wenn das Ende dennoch überraschend kam. Es war ausgesprochen vorbei. Und Agathas Leben lag irgendwo dazwischen. Sie kennen das bestimmt, diese undefinierten Tage, die vor einem liegen, an denen man zwar etwas tun könnte, an denen man es aber auch einfach bleiben lassen kann, wenn man sich hinterher schlecht fühlen möchte, weil Nichtstun ist ungesund, Nichtstun kann der Kopf nicht ertragen.

Nach zweieinhalb gemeinsamen Jahren des Sterbens und Lebenwollens, nach unzähligen Momenten Berliner und Wiener Nicht-, Zueinanderhin-, Nebeneinanderher- und Voneinanderweg-Existenz, nach dem Tag des schicksalsträchtigen Unfallcrashs und den folgenden acht Wochen mehr oder weniger oberflächlicher Genesung hatte ein Telefon, das Kroatien mit Österreich verband, die endgültige Entscheidung herbeigeführt und selbst einer Agatha klargemacht, dass es so nicht weitergehen konnte, dass ein Leben ohne ihn besser für sie war. Eine halbe Stunde nach dem Auflegen war das freilich noch schwer zu begreifen und Schlaflosigkeit nur eine von vielen Auswirkungen, die sich zeigten. Viel schlimmer waren die unsichtbaren Geister, Träume, Nebelschwaden, schwarzen Löcher, Zukunftsängste, Einschussspuren im Selbstwertgefühlszwerchfell, die unsere Agatha in jener Nacht und ein paar weiteren heimsuchen sollten.

Und wieder: Sie wissen ja, wie das ist, wenn etwas, was die Welt bedeutete, auseinanderbricht und nicht mehr da ist. Agatha war freilich nicht die Erste und Einzige, die scheiterte, doch Trost war das keiner für sie, denn rational ist die Liebe noch nie gewesen. Und so ging sie in der Dunkelheit auf den Balkon hinaus, griff zum offenen Prosecco und schaute zum Himmel hinauf, sah Teile des Großen Wagens, der in dieser Nacht auch nicht mehr fahren wollte. Als sie am nächsten Morgen erwachte, wusste sie nicht, wo sie war. Die Welt war verschwunden, alles weg. Es hatte schon beim Augenaufschlag angefangen mit einer Trägheit und einer Übelkeit, die gemeinsam mit ihr unter der Decke schwitzten, vielleicht erst durch das Schwitzen zustande kamen, was drin war, musste schließlich raus. Agatha hievte sich, organschwer, aus den nassen Laken und blieb mit einem Ruck an der Bettkante sitzen. Was war passiert? Wo war das Meer? Wie konnte das sein? Hatte sie alles nur geträumt?

Im ehemaligen Fremdenzimmer ihrer Eltern hing in Augenhöhe, ihr direkt gegenüber, ein goldener Spiegel an der Wand, vor Jahren dort angebracht, als noch keiner wissen konnte, dass irgendwann einmal Agatha, das erwachsene Kind, vor ihm zum Sitzen kommen und sich anstarren würde, als wäre es ein Zufall. Sie wusste nicht, wie sie hierhergekommen war – gestern noch am kroatischen Strand, heute auf unserer Showbühne –, und doch war sie keine Fremde in einem Fremdenzimmer. Was Agatha sah, gefiel ihr nicht. Zweifelsohne, sie war im Gästezimmer, Elternhaus, Heimatort, Erde. Es war kein Traum. Der nackte Holztisch vor dem Fenster, die vollgepackten Umzugskartons aus ihrer Wohnung in Wien, ein weißes Leintuch, zwei mal zwei Meter groß, das gedanklich immer noch von einem Wir durchzogen war, und dann Agathas Herzgegend, die an einen Kartoffelacker erinnerte, auf dem Krieg herrschte: Krautfeuer, Kraterlöcher, Tsunamiland. Bereits ein Milligramm Seele konnte tödlich sein. Was für eine Tabula rasa.

»Es ist vorbei. Er liebt mich nicht mehr.«
»Es ist vorbei. Ich liebe dich nicht mehr.«

Sie musste ihn nicht mehr anrufen. Sie musste keinen Brief mehr schreiben, keine SMS, keine Postkarten und keine E-Mails, ein Buch vielleicht. Sie musste ihm nicht mehr antworten. Es war ausgestanden, es war vorbei. In dem Moment, da er sagte, dass er sie nicht mehr liebte, stellte sich bei ihr Erleichterung ein. Hatte sich also nach nunmehr fast drei Jahren ein weiteres Mal ihr ganzes Leben verändert,

Schlag auf Schlag, ungefragt. Und auch wenn Agatha zuerst nicht wusste, wie ihr geschah, und ihr das Blut stockte und der Nagellack abblätterte und sie im wörtlichsten aller Sinne zerbrach, sagte ihr doch ein inneres Gefühl, dass es jetzt gut war. Auch der Schmerz und die Enttäuschung und die Vergangenheit und der Verlust. Und so traurig sie an diesem Morgen sein mochte und so klar sie mit dem, der für sie nicht mehr zählte, der keine Nummer mehr trug, obwohl er jahrelang ihre Kirschen stahl, endlich gebrochen hatte, Agatha war erleuchtet. Sie lehnte sich an die warme Hausmauer auf der Terrasse, wo sie so lange ausatmete und still hielt, bis sie weiterleben konnte. Irgendwo unter der gebräunten Sommerhaut, unter dem Sternchenpyjama und der Pünktchenunterhose war sie noch da oder wieder da oder immer noch. In diesem Moment, der magisch war, wusste Agatha, dass sie überleben würde, und nicht nur das, sie würde leben. Und mit der gleichen unbändigen, aufregenden, einzigartigen, riesengroßen Liebe, die sie bislang an Nummer sieben verschenkt hatte, zuallererst einmal sich selber lieben. Alles, was sie brauchte zum Glücklichsein, war schon da und lag in ihr verborgen.

Hoffnungsfroh fuhr sie in den nächstgelegenen Supermarkt, kaufte tubenweise Klebstoff und begann Scherbe für Scherbe, Knochensplitter für Knochensplitter ihre Existenz neu zusammenzukleben. Bleibt uns nur noch, dem, der nicht Michael heißt, eine letzte Urlaubskarte zu schreiben, denn das gehört sich so. Schicken wir ihm an dieser Stelle also eine Postkarte aus einem Urlaubsparadies und sagen zum Abschied leise Servus.

Ruckartig, gerade so, als ob sie es nicht mehr erwarten könnte, das Leben, sprang sie mitten hinein und aus den Federn heraus, spielte Tennis, lief barfuß durchs nasse Gras, gönnte sich ihre Ruhe, saß einfach da, machte die Augen und die Ohren zu, wann es ihr passte, spürte mit den Sonnenstrahlen ihre Haut, und also Begrenzung nach außen. Agatha schlief gut, aß noch besser, ging zum Schwimmen in ihr Lieblingsstrandbad, wurde langsam fester und fand in eine Form, an einen Platz zurück, der nur ihr gehörte, wie eine Waldlichtung mit Schlecksteinen den Hirschen und Rehen. Sie rannte nicht mehr vor sich selber davon. Sie stieg auf Berge, umging Gedankentäler, wechselte die Gesprächspartner, Ausflugsziele und Unterhosen, schmiedete neue Pläne, lernte Aufmerksamkeit und Geduld, lachte, weinte und vergaß neben Milan Kundera auch jenen großen Irrtum, der sich in ihr Leben eingeschlichen hatte wie ein Räuber, der eigentlich Gendarm spielen wollte.

Der Schlüssel des Lebenwollens lag im Handeln. Grübeln katapultierte uns nur hinauf und hinunter, schleuderte uns vorwärts und zurück und war auch für mittellose Menschen hervorragend geeignet, da die Fahrt mit der Achterbahn, dieses scheinbare Vergnügen, keinen Anfang und kein Ende und kein Kassenhäuschen hatte. Agatha glaubte an das Ende. Agatha glaubte nicht an ein Happy End.

Ihre Mutter hatte einen Brief an die Redaktion von »Liebesgeschichten und Heiratssachen« geschrieben in der Hoffnung, das jüngste Kamel zu verkaufen. Ihr Vater bewarb sie bei »Bauer sucht Frau«. Ihre Schwester wollte mit ihr und Richard Lugner nach Sri Lanka fliegen. Offenbar war die ganze Familie verrückt geworden, offenbar lag die Verrücktheit ihrer Familie bereits in den Genen verankert, sodass man als Mitglied machtlos war, von Anfang an, weil den Chromosomenstrang konnten auf dem Land selbst erfahrene Wahrsagerinnen, Pseudohexen, Familienaufsteller und sogenannte Hausärzte nicht verändern, so wie sich kaum etwas verändern ließ auf dieser Welt, außer man plagte sich bis zum Umfallen, außer man strengte sich so sehr an, dass es ausnahmsweise einmal reichte, was nur zwei Ursachen haben konnte: Liebe oder Verlust. Letzten Endes ging es da allen Menschen gleich. Das Herz setzte Moospolster an, die Erde drehte sich weiter und sensible Halme mussten lernen, sich in Acht zu nehmen, um nicht von theoretischen Ewigkeiten hinein- und hinunterzogen zu werden ins Mahlwerk der Welt, in dem ein Menschenknöchlein keinen Laut verursachte.

Agatha brauchte das alles nicht, Heiratssachen, Bauern, Sri Lanka, knackte stattdessen mit den Fingerknorpeln und ging ans Werk, vorwärts, Marsch, gondelte gemeinsam mit zwei Jägerinnen auf den Grünberg hinauf, wo einer ins Horn geblasen hatte, vor dem es Auf-der-Hut-Sein hieß, weil es blitzte und funkelte am neunten Finger von links gezählt. Munter und vergnügt stolzierten sie in den Wald hinein, das Neue suchend, das Alte zurücklassend, flott über Stock und Stein, und das gemeine Fußvolk lachte, dachte, dass es sich um die Heiligen Drei Königinnen aus dem Morgenland handelte, so voller Gold und Silber und Würde waren sie. Endlich. Das Leben fühlte sich leicht an. War sie doch tatsächlich einmal glücklich, unsere Agatha, da schenken wir ihr doch gleich noch eine Seite oder zwei, auf denen sie ausgelassen und zukunftsfroh von Volksmusikantenfesten, Pyjamapartys, Freundinnengelächter, Bergidyllen und ihrem neuen Berufswunsch erzählen darf. Und genau das tat sie auch. Inmitten gezuckerter Bauernkrapfen und voller Gläser Gemischter Satz, auf einer Bierbank im Grünen sitzend, berichtete sie ihren beiden Gefährtinnen von ihrer Bewerbung für eine Kochausbildung in Linz, die schon im November starten würde. Das Brutzeln und Sautieren, Köcheln und Frittieren, die Raffinessen der Kochkunst hatten es ihr schon in Kindertagen angetan, wo sie ihrer Mutter regelrecht am Kochschürzenzipfel gehangen war, ihre Finger in jeden Saucentopf gesteckt und mit freudiger Hingabe Hefezöpfe geflochten und Polsterzipfe aus dem Teig geschnitten hatte. Agathas Augen funkelten. Essen zuzubereiten, beruhigte sie ungemein, stimmte sie fröhlich, beinahe vergnügt. Und wenn die private Krise der letzten Wochen und Monate etwas Positives bei ihr bewirkt hatte, dann, dass die Erinnerung an diese Leidenschaft zu ihr zurückgekommen war. Agatha wollte Köchin werden. Beim Aussprechen ihres Vorhabens merkte sie, wie aufgeregt sie war, wie real sich das anfühlte. Endlich hatte sie wieder ein Ziel vor Augen, konnte sich an etwas festhalten, beruflich zumindest. Aber noch zwei Veränderungen waren mit den Nachwehen der Trennung in Agatha und ins Land eingezogen: Der Prosecco schmeckte nicht mehr, ihr jahrelanges Lieblingsgetränk perlte förmlich von ihr ab, verursachte ihr sogar Übelkeit, es hatte sich ausproseccoisiert. Und, Agatha hatte sich auch optisch verändert, war vor lauter Kummer und Sport noch drahtiger geworden, hatte gänzlich auf das Haarfärben verzichtet und sich von einer blonden in eine brünette Person gewandelt. Auf all das stießen sie an.

Agatha hatte gewonnen. Sie war über den Berg und rockte ihr eigenes Paradies. Wer keinen Boden unter den Füßen spürte, musste sich einen schaffen. Wer sich nicht sicher fühlte, musste sich versichern. Wer nicht zurückschauen wollte, musste nach vorne blicken, denn in Zeiten zunehmender Zwischen-den-Zeilen- und Zwischen-den-Menschen-Kriegen blieb einem nichts anderes übrig.

Es regnete in Strömen, als auf der Himmelreichkreuzung, die ihrem Namen alle Ehre machte und einem die Wahl zwischen Vöcklabruck, Schörfling, Attnang-Puchheim, Gmunden und dem Himmel ließ, erneut das Schicksal zuschlug, das, um erträglich und gütig zu wirken, Agatha um ganze anderthalb Meter verfehlte.

Ein weiterer Unfall also: fünf Polizeistreifen, eine Ambulanz, Sirenen, Blaulicht, neugierige Blicke, unruhiges Getümmel, eine Frau auf einer Bahre. Agatha stand auf der gegenüberliegenden Straßenseite und beobachtete das Geschehen. Dieses Mal hatte es also andere getroffen. Kein Gefühl, eine Feststellung, die sich in ihr breitmachte. Je mehr Zeit nach ihrer eigenen Katastrophe vergangen war, je weniger hatte sie an Nummer sieben gedacht. Doch in diesem Moment, der fremd war und anderen gehörte, dachte sie an ihn. Über zwei Monate war die Sache jetzt her. Wie es ihm wohl ging? Wie er jetzt wohl lebte? Das wusste Nummer sieben selber wohl am besten zu berichten, werfen wir doch einen kurzen Blick ins 250 Kilometer entfernte Wien, alleine schon um der alten Zeiten willen. Ui, was müssen wir da sehen! Unser zweiter Protagonist liegt erneut in einem Krankenbett.

Seine Kopfschmerzen waren beinahe unerträglich, ein Pochen, ein Stechen, ein Magengeschwür, innere Blutungen. Vor zwei Tagen war er überraschend zusammengebrochen und von seiner Mutter ins Spital gebracht worden. In letzter Zeit hatten sich unerklärlicher Weise kleinere Beschwerden eingestellt, Übelkeit, leichter Schwindel,

Konzentrationsstörungen. Wie immer maß er, Workaholic der ersten Stunde, diesen Anzeichen keine große Bedeutung bei, tat sie vielmehr als Stresssymptome ab, Lächerlichkeiten, normale Alterserscheinungen, Bagatellen. Bis zu jenem erinnerungswürdigen Tag, dem Tag der Goldenen Hochzeit seiner Großtante, an dem er von der Kirchenbank hinunter in ein Nichts fiel.

Agatha hatte freilich von all dem keine Ahnung. Sie stand andernorts an der Straße, hypnotisiert von den Blaulichtprojektionen an den Hausfassaden. Und doch fühlte sie instinktiv das Schicksal heranschleichen. Ahnte, dass etwas passieren würde, passierte, bald, etwas, was nicht vorherzusehen war, unvermeidlich jedoch in jedem Fall. Und zwei Wochen später war es dann tatsächlich so weit. Kismet hatte zu viel Schokolade genascht, Energy Drinks hinuntergeschüttet und in einem Anflug von Adrenalin kurzerhand beschlossen, in Agathas Herbst einen (zweiten) Frühling einzuläuten, ihr ein von Gott zugeteiltes Los zu schenken, dem nicht zu entkommen war, aus der Haut heraus- und in sämtliche elektrische Leitungen hineinzufahren, schrill und laut und ohrenbetäubend. Erst klingelte Agathas Mobiltelefon, einmal, zweimal, dreimal, zehnmal, dann läutete das Festnetz Sturm. Danach die Haustürglocke. Das Computersignal, das den Eingang einer Mail ankündigte. Die Feuerwehrsirene. Die Kirchturmglocken. Agatha wurde es heiß. Sie fühlte sich unsicher, bekam es mit der Angst zu tun, erstarrte. Wer war das, was war hier los, warum stand sie wie angewurzelt in der Küche und machte die Tür nicht auf, warum ging sie nicht ans Telefon, das schon wieder schrie und tobte wie ein kleines Kind, das Hunger hatte. Sie hob nicht ab, konnte nicht abheben, schaffte es nicht, stand einfach nur da und hielt die Luft an. Eine kleine Ewigkeit später war es still, endlich. Der Spuk war vorbei. Sie linste hinter dem Vorhang auf die Terrasse hinaus: strahlender Sonnenschein, kein Mensch weit und breit. Die Luft war rein. Erleichterung. Dennoch brauchte es eine weitere halbe Stunde, bis sie sich schließlich hinauswagte an die frische Luft, mit Kaffee, Zigaretten und ihrem Laptop bewaffnet, und das Mail-Symbol anklickte. Herzstillstand, Schock, Erregung. Die Nachricht war von ihm. Danach ging es Schlag auf Schlag: Agatha fand eine, zwei, drei Nachrichten in ihrer Mailbox, einen langen Brief vor ihrer Tür, Worte, die sie lesen konnte, die mit einer weißen Taube nach Oberösterreich geflogen waren. Herzlich willkommen. Oder auch nicht.

Das Unglaubliche war passiert: Agathas Freund, also der, der sie verlassen hatte, der sie nicht mehr liebte und sich wie in einer Todesanzeige endgültig von ihr verabschiedet hatte, war vom Blitz getroffen worden, metaphorisch freilich nur, war heimgesucht worden von einem drüsenschwangeren Sehnsuchtskeim, der sich, vielleicht ja beim Sturz von der Kirchenbank, zu einem Liebesrückfall der Superlative entzündet hatte. Denn plötzlich war alles ganz anders und sein Herz wurde wieder zu ihrem und ihres zu seinem und sein Gehirn zu ihrem und ihres zu seinem und normal war das nicht, aber passieren konnte so etwas schon, besonders wenn ein Junkie-Schicksal mitmischte, und ob das nun gut war oder schlecht, das wusste man bekanntlich erst hinterher. Dumm gelaufen. Er wollte sie wiederhaben, um jeden Preis, wollte die Lücken schließen und sie lieben und ehren wie am ersten Tag, aber wie wir wissen nicht am letzten, und was sollte man in so einem Fall sagen, außer vielleicht: *Ihr Männer seid alle Verbrecher*. Danke, Brigitte Mira.

Agatha saß lange still und las. Sie zündete sich eine Zigarette nach der anderen an, griff mit gemischten Gefühlen am Prosecco vorbei zum Gemischten Satz und prostete im Leben dem Tod zu oder beinahe tot dem Leben – das war wohl Ansichtssache. Alkohol hatte schon viele Beziehungen gerettet, viele Kinder gezeugt, viele Leiden erlöst, viele Tage verkürzt – wenn auch nur vorübergehend, auf heimtückische Art und oft zerstörerische Weise, die Rechnung wurde ja erst im Nachhinein präsentiert –, doch darauf trank Agatha nicht. Sie saß einfach da und las.

»Was zur Hölle!«, dachte sie. Und: »Warum jetzt?«, dachte sie. Und: *Lebensgefahr oder Lebensgefährte?*

Liebe Agatha,
seit Wochen schon denke ich an dich, an uns, schnürt es mir die Kehle zu, vermisse ich dich, wünsche ich mir nichts sehnlicher, als dass es wieder ein Wir gibt, dass wir noch einmal von vorne anfangen und uns eine zweite Chance geben.

Ich weiß, dass ich dir sehr viel abverlangt habe, dass ich dir auch jetzt noch nicht erklären kann, was mit mir passiert ist und warum. Ich weiß aber auch, dass ich lieber sterben möchte, als der Beziehung zu der Frau, die mich berührt wie keine, nicht noch tausendundeine Chance zu geben. Gibst du mir auch noch eine?

Ich war fertig, Agatha, verzweifelt. Ich war blöd, und vielleicht wollte ich auch einmal, dass du um mich kämpfst, dass du für unsere Liebe in die Schlacht ziehst, was du auch getan hast. Mit all deiner Kraft hast du mich nicht losgelassen. Doch ich habe mich zugesperrt und um mein Herz eine Mauer gebaut mit Schießscharten und Ritzen, bin schmollend in meiner Höhle gesessen wie ein alter Bär und wollte nicht merken, dass ich mit meinem Verhalten die Chance verliere, mit dir noch einmal neu zu beginnen. Dabei war und ist es genau das, was ich will.

Mag sein, dass wir in vielen Dingen verschieden sind, aber macht uns nicht genau das zu einem tollen Gespann? Ich weiß zwar nicht, wie ich mich in Zukunft entwickeln werde, aber ich will das gemeinsam mit dir herausfinden. Ich will mein Leben sicher nicht in irgendwelchen Bars verhocken und auf Partys verbringen. Ich will meine Liebe und mein Herz verschenken an dich, will dir die Welt zu Füßen legen, deine nackten Zehen im Sand vergraben und mit dir alt werden. Ich will, dass du dein Leben lebst und mir darin einen Platz freiräumst. Ich will, dass du dir keinen schöneren Ort vorstellen kannst als in meinen Armen. Ich will, dass wir gemeinsam Entscheidungen treffen und unser Leben lebenswert gestalten. Ich will mit dir auf einer Bank sitzen, Erdäpfel schälen, in den Sonnenuntergang schauen und darüber diskutieren, ob der Bachsaibling besser gegrillt oder gebraten schmeckt. Ich will, dass du weißt, dass ich für dich da bin, und ich würde dir gerne zeigen, dass dem so ist. Weil genau das habe ich dir in den letzten Wochen und Monaten nicht gezeigt: dass ich da bin, dass ich für dich da bin, für uns – egal was passiert.

Ich weiß nicht, ob du mir verzeihst, ob du mir die Möglichkeit gibst, dich so zu lieben, wie du es verdient hast. Ich weiß nicht, ob du nach allem, was passiert ist, noch kannst. Aber ich wünsche es mir und ich hoffe, dass irgendwo in deinem Herzen noch ein wenig von unserer Liebe übrig ist und es sich nicht für immer geschlossen hat. Ich weiß, es ist schon sehr spät, aber auf ein ganzes Leben bezogen ist es das auch wieder nicht. Ich weiß, du hast die Größe und Güte, noch einmal in dich hineinzuschauen und nicht aufzugeben. Das ist alles, was ich mir wünsche, weil ich der festen Überzeugung bin, dass wir zwei zusammengehören. Ich habe noch nie so für jemanden empfunden wie für dich. Ich liebe dich.

Bitte denke noch einmal über meine Worte nach, ich verspreche dir, ich tu es auch. Ich werde diesen Brief erst dann an dich schicken, wenn ich mir ganz sicher bin, dass es sich nicht nur um Sehnsucht handelt, sondern um wahre Liebe zu dir, zwischen uns. Wenn du diesen Brief in Händen hältst, ist es mir absolut ernst.

Vor ein paar Tagen war die Goldene Hochzeit meiner Großtante und ich war seit Langem wieder einmal in der Kirche. Ich habe mir vorgestellt, wie wir in fünfzig Jahren sein werden. Ob ich das wirklich will, mit dir alt werden, deine Hand halten beim Treppensteigen, deine Beine bandagieren, ob ich die Vorstellung angenehm finde, dass du es bist, die mir meine ersten Hosenträger kauft, dass du die Mutter meiner Kinder bist, dass ich nächtelang mit dir diskutiere, warum unsere Kinder nicht auf uns hören. Und ich habe mich auch gefragt, ob es möglich ist, dass wir in fünfzig Jahren auf unser gemeinsames Leben zurückblicken und sagen können: Schön war's.

Ich kann all diese Fragen mit Ja beantworten. Ja, ich will. Sehr gerne sogar. Weißt du, ich habe wirklich Mist gebaut, einen regelrechten Misthaufen, dass ich mein Herz verschlossen und gleich auch noch den Schlüssel weggeworfen habe, ich hätte nicht zulassen dürfen, dass ich mich so weit von dir distanziere. Das waren große Fehler und ich kann dich nur bitten, mir zu verzeihen. Für mich. Für dich. Für uns. Für unsere Liebe. Auf ewig.

Deine Nummer sieben

Liebe Nummer sieben,
ich bin mir nicht sicher, ob dir bewusst ist, was seit dem Crash (und auch schon davor) mit mir und uns passiert ist. Ich weiß momentan überhaupt nicht, was ich sagen soll: zu der langen Phase des Getrenntseins, der Flut deiner plötzlichen SMSen und Mails, dem Wechselbad der Gefühle, zu deinem Brief vor meiner Tür, zu deiner Art, mit unserem Problem (oder wie immer man das nennen möchte) umzugehen. Ich fühle mich betrogen, verlassen, verletzt, ich bin alleine und habe in den letzten Wochen gelernt, mit dieser Realität umzugehen, ihr ins Auge zu blicken. Ich sehe, ich höre, ich spüre mich wieder.

Wenn ich – natürlich grob und oberflächlich – zusammenfassen darf, was aus meiner Sicht passiert ist, dann habe ich dich nach der Abreise unserer Freunde aus Berlin ziemlich unwirsch am Bahnhof stehen lassen und gesagt, dass ich den Abend lieber ohne dich verbringen möchte. Zweiteres hat an diesem Tag gestimmt, Ersteres war zweifelsohne keine Art, mit dir umzugehen, das sehe ich ein.

Danach bin ich nach Oberösterreich gefahren in der Absicht, dich spätestens am Wochenende beim Familienausflug wiederzusehen. Und ich bin dann ja auch gekommen, durch das gemeinsame Hintertürchen, das direkt am Herzen vorbei ins Schlafzimmer führte, bis ich dir nicht mehr in die Augen schauen konnte und mir schon gar nicht. Und dann war dieser Moment, am Morgen danach, als ich stark war und du nicht schwach, sondern unverzeihlich feige, als keine Nachtigall tirilierte und auch keine Lerche und ich mit unheimlich großen Gefühlen und einem Hoffnungsleuchten erwachte. Und genau am Morgen nach dieser Nacht hast du halbherzig und lau mit mir Schluss gemacht: »Agatha, ich weiß nicht, ob ich dich noch liebe.« Das war er, der Moment. Bis hierher und nicht weiter. Was danach folgte, weißt du ja: Streitigkeiten und Missverständnisse am Telefon, unterschiedliche Erwartungen, Minuten des Schweigens und Nichtgedenkens, eine Phase der Entfremdung.

Weißt du, es ist in Ordnung, dass auch du einmal den Wunsch nach einer Tabula rasa hattest, einer richtigen, das Bedürfnis nach einem kleinen Nervenzusammenbruch, einer ehrlichen Hysterie, einem Rundumschlag. Es ist auch in Ordnung, dass du Zeit für dich zum Nachdenken brauchtest. Aber du warst mein Freund und du hast mir, wortlos, ohne Vorwarnung, ohne Erklärung, von einem auf den anderen Tag den gesamten Boden unter den Füßen weggezogen. Ich habe die Welt nicht mehr verstanden. Wie kann man von einer auf die andere Minute einen Menschen nicht mehr lieben, wie können sich quasi über Nacht Elementarteilchen in Luft auflösen, wie kann eine siamesische Bindung mit der Axt beendet werden? Arge Gefühle, arg große, arg extreme, arg arge, entstehen nicht einfach so, sie bilden sich mit der Zeit, durch Geduld oder Ungeduld, durch Rückzug, Ignoranz, Bequemlichkeit, Schweigen. Auch deine Gefühle oder Nichtgefühle für mich müssen so entstanden sein. Du weißt, ich besitze keine Alarmanlage, kein Glöckchen, kein Knöpfchen, kein Schalterlein, ich bin die Hupenlose, die mit hundertachtzig Sachen um die Ecke fährt.

Lieben heißt Vorwarnung. Lieben heißt Anschnallen. Lieben heißt Mundaufmachen. Und in meinem Fall heißt Lieben auch Leben lernen. Nach unserem Cut hatte ich gar nichts mehr, mich nicht, dich nicht, ein berufliches Ziel nicht, Geld, Selbstvertrauen, Hoffnung, Form, Farbe, Struktur. In den ersten Wochen habe ich mich jeden Tag unter den Tisch gesoffen, weil so eine Realität nicht real ist, wochenlang bin ich täglich gestorben, was sehr real war, ich hatte Durchfall, bin wie eine Irre durch die Gegend gerannt, habe versucht, den Zustand zu verstehen, zu akzeptieren, anzunehmen. Es ging mir noch nie so schlecht wie in dieser Zeit. Unausgesprochenes ist der Untergang. Schwebezustände sind der Tod. Vagheit und Unverbindlichkeit zerstören jede Liebe. Es ist nicht okay, so lange so zu sein wie du. Ich hatte auch meine Probleme, und ja, ich war oft ein stures, uneinsichtiges Weibsstück, ich weiß, aber man kann nicht über einen derart langen Zeitraum seine Gefühle abdrehen. Jede Wahrheit hat ein Ende und es gibt auch Geschichten, die aufhören können. Weißt du, Nummer sieben, mein wirklich großer Fehler war, dass ich, seit ich zu dir nach Berlin gekommen bin, mein Leben aufgegeben habe. Das ist wirklich meine Sache, mein ganz persönliches Defizit, denn man kann sich nicht nur über einen anderen Menschen definieren, nur noch für ihn da sein, ausschließlich ihn lieben. Selbstaufgabe führt nur ins Nirgendwo.

Ich danke dir für deine Erkenntnisse, es freut mich, dass du wieder Worte für mich gefunden hast. Es ist nur spät geworden und ich denke nicht mehr, dass wir füreinander geschaffen sind. Ich möchte nicht, dass wir zu einer Wiederholung der Wiederholung der Wiederholung werden. Vielleicht liegt es ja alleine an meiner Wahrnehmung, aber rückwirkend betrachtet ist so viel passiert, dass unser Sieb nur noch aus Löchern besteht. Viel zu oft haben wir uns bis aufs Blut gestritten, wobei Streiten per se ja nichts Schlimmes wäre. Nur bei uns war es anders, mehr – es war ein gegenseitiges Spiegelvorhalten und Herzdetonieren, ein Kopfkinoeinschalten, das alte Rollenmuster auf die Leinwände unseres gemeinsamen Lebens projizierte, ein Schießen und Getroffenwerden – bis wir schließlich beide schwach und schwer verwundet in die Knie gegangen, zu Boden gesunken sind. Das war keine Liebe, sieben. Und wenn das Liebe war, will ich nicht mehr lieben.

Ich möchte deinen Worten wirklich Glauben schenken, zu gerne würde ich das, aber ich schaffe es nicht. *Je veux, mais je ne peux pas.* Für mich war es unheimlich schwer, dich loszulassen. Und jetzt ist es genauso schwer bei diesem Entschluss zu bleiben, nach vorne zu blicken, weiterzuleben, neu anzufangen. Ich habe dich wirklich sehr geliebt, aber mich wohl auch in etwas verrannt.

Und doch bin ich dankbar dafür, dich getroffen zu haben, auf dich getroffen zu sein, sonst wären wir beide nicht da, wo wir jetzt sind. Ich weiß, dass du kein schlechter Mensch bist, das bist du nicht. Aber vielleicht ja einfach nicht der Richtige für mich. Darum würde ich am Ende sagen: Du bist okay, ich bin okay.

Mach es gut, Agatha.

WENN SIE DENKEN, das war es jetzt, die Liebesgeschichte der brustlosen Agatha wäre an diesem Punkt endgültig abgeschlossen, dann kennen Sie Agatha nicht, dann wissen Sie nicht, dass alles noch schlimmer kommt, dass Geschichten wie diese nie zu Ende gehen. Ein Ende wäre maximal hingelogen.

Mit den herbstzeitlosen Worten neigte sich der Spätsommer auch für Agatha seinem Ende zu, wie auch sie sich langsam wieder zuneigte, wenn auch nur ein wenig und mit einer Schneckengeschwindigkeit, wobei die Vereinigung der Worte Schnecken und Geschwindigkeit alleine die möglichen Absurditäten des Lebens auf den Punkt brachte. Die

Kochschule in Linz hatte grünes Licht signalisiert, schon im November würde sie die Messer wetzen und Kochlöffel schwingen. Dennoch musste sie davor noch nach Wien, eine Tatsache, die sich nicht länger aufschieben ließ – ihre To-do-Liste war bis zum Rand vollgekritzelt mit Behördengängen, An-, Ab- und Ummeldefristen, Versicherungskram und, nicht zu vergessen, dem finalen Zusammenklauben und Abholen ihrer letzten Habseligkeiten und Beziehungsüberbleibsel aus der ehemals gemeinsamen Wohnung. Agatha fühlte sich bereit. Für eine Stadt, einen Ortswechsel, eine Begegnung, eine Konfrontation. *Einfacher wurde die Welt vom Sehen und Wiedersehen.*

Erst beim Verlassen des Zuges, beim ersten Kontakt der Schuhsohlen mit der Bordsteinkante wusste man, ob das Gedankenkonstrukt, das man sich im Alleingang zusammengebaut hatte, mühselig, Stein für Stein, auch wirklich hielt, standhielt – einem Ort, einer Situation, einem Blick, der, wie wir wissen, alles sein konnte. Als Agatha schließlich nach zweistündiger Fahrt am Wiener Westbahnhof eintraf, ruhig, selbstsicher, fest entschlossen, sah sie ihn schon von Weitem. Nummer sieben stand am anderen Ende des Bahnsteigs mit einer roten Rose in der Hand und wartete. Er war nicht zu ignorieren, Agatha versuchte es zwar nach Leibeskräften, setzte tapfer einen Fuß vor den anderen, nahm Haltung an, Brust raus, Bauch rein, gab sich kühl, distanziert, abgeklärt, doch je näher sie ihm kam, je schärfer sie ihn ausmachte, desto klarer wurde ihr, dass sie ihn immer noch liebte. Verdammt. Nach all den Wochen des Leidens und Sterbens und Wiederauferstehens liebte sie ihn tatsächlich immer noch.

Sie war nicht darauf vorbereitet. Sie kannte sich gar nicht mehr aus, aber das war ja nichts Neues. Und so hörte sie ihm abwechselnd zu und schimpfte und dachte nach und stampfte mit dem Fuß auf wie ein Rumpelstilzchen und sah ihm beim Weinen zu und hatte ganz Sibirien in der Seele und verbreitete eine Aura von gefrorenem Eis, die gleichzeitig hart war und dahinschmolz, und schluckte und spuckte und rannte weg, um wieder zurückzukommen, ließ sich ein Gulasch aufwärmen, weil das bekanntlich besser schmeckte, aber vielleicht war auch das eine Lüge, eine Binsenweisheit, eine Hausfrauenwahrheit. So ging es die ganze Nacht dahin, in einem Würstelstand mit Dach und vier Wänden, in dem ein alter DJ namens Roland einen recht konzeptlosen Mix an Melodien spielte, passend zur Musik, die Agathas Leben schrieb.

Wie man richtiges Gulasch zubereitete, wusste Agatha in- und auswendig. Gefühlte hundert Mal hatte sie diesen Klassiker der Hausmannskost in unterschiedlichen Abwandlungen gekocht – vom herzhaften Katerfrühstück, der scharfen Ungarnvariante bis hin zum Seelentröstermahl, als rotweingetränktes Boeuf bourguignon. Das Geheimnis für ein formidables Gulasch lag zum einen im stundenlangen Anschwitzen der Zwiebeln begründet, eine echte Geduldssache, die sich später im Geschmack bezahlt machte, und in einem kleinen Stück dunkler Schokolade, das kurz vor Ende der Garzeit hinzugefügt wurde. Aber Agatha kochte auch gerne italienisch-mediterran: Eierschwammerlrisotto mit frischem Rucola, in Zwiebeln und Speck gedünsteten Radicchio mit Pinienkernen, selbst gemachte Tagliatelle mit frischem Pesto und grünen Bohnen. Was das alles mit Liebe zu tun hatte, wusste sie im Moment auch nicht zu sagen, aber unsere Hobby- und bald schon Profiköchin war sich sicher, dass es einen Zusammenhang zwischen Kochen und Lieben, Köcheln und Leben gab: eine Ross(braten)natur, ein Pinien(einstellungs)kern, eine dicke (Anlehnungs)schulter, ein (Friede-Freude-)

Eierkuchen. Aber lassen Sie uns nicht länger um den heißen Brei herumreden, der Gedanke, der an jenem Abend auch unsere Agatha umkreiste, hieß: Aufgewärmt schmeckt nur ein Gulasch gut.

Ungefähr das waren auch die Worte, die ihre Freundin Reini Regener gebrauchte, als Agatha wenig später bei ihr eintraf. Sie hatte sich für die nächsten Tage bei ihr einquartiert, um sich in gemischten Sätzen und mit gemischten Gefühlen den Liebeskummer von der Seele zu reden, eine Kochzukunft hin- und auszumalen und Reinis amüsanten Geschichten zu lauschen, die, wie so oft, von Matrosen, Herzensbrechern und Dreibeinern handelten. Lang war es her, seit die beiden sich zum letzten Mal gesehen hatten, damals wuchsen Agatha noch zwei Brüste, die sie nicht abgeschnitten auf einem Tablett vor sich her kredenzte, doch schnell waren die Anknüpfungs- und Berührungspunkte zwischen ihnen wieder hergestellt, wie das eben so war bei guten Freundschaften. Und Reini Regener, kein Kind von Traurigkeit, war die perfekte Freundin, wenn man wie Agatha auf wackeligen Beinen stand, die in Richtung Zukunft losmarschieren wollten. Sie hatte gleich zwei Wohnsitze und also zwei Leben mit einer Linzgarderobe wochentags und einer Wiengarderobe am Wochenende, wie viele Menschen zwei Leben hatten, auch Agathas Schwester beispielsweise, die zum einen Unkraut zupfte und zum anderen am Pool bunte Cocktails schlürfte und dabei zwitscherte, um es den Vöglein gleichzumachen. Es war in Mode gekommen, mehrere Leben zu leben und mehrere Meinungen zu haben, was die Welt nicht gerade einfacher machte.

Sie erzählten und plapperten, schimpften und fluchten, weinten und lachten sich durch die Nächte, suchten die Wahrheit im Wein, *in vino veritas*, und tranken sich mit

Gemischtem Satz sinnbildlich einer neuen Ära der Vielschichtigkeit, Ausgewogenheit und Reife entgegen. Ein tolles Paar gaben sie ab, die beiden, wie sie so zusammensaßen und raunzten und maunzten, wie Raubkatzen fühlten sie sich, listig und munter, doch selbst eine Katze hatte das Problem, sich selber nicht zu genügen, auch eine Katze fühlte sich einsam, wenn sie nicht gebraucht wurde, und so brauchten sie sich gegenseitig, schmiedeten Pläne, dachten an das Morgen und beschlossen, warum auch nicht, in ein Bordell zu gehen, um sich von einer Nutte in Sachen Sex beraten und sich derart exotische Blasmethoden zeigen zu lassen, dass sie zukünftig die Männerwelt in den Wahnsinn treiben würden. In Zeiten wie diesen war alles möglich. Ein Wien und ein Linz, ein Hier und ein Dort, ein Hass und eine Liebe, ein Selbst und ein Nichts, ein Freund und kein Freund. *Ein Hund, eine Sau und ein Leben. Ein Filz, ein Fett und ein Hase.*

»Vergeben oder nicht vergeben, Reini?«
»Nicht so viel nachdenken, Agatha.«
»Stadt oder Land, Reini?«
»Stadt, Land, Fluss, Agatha.«
»Hello or Good bye, Reini?«
»Augen zu und durch, Agatha.«
»Leben oder lieben, Reini?«
»Scheiß auf die Männer, Agatha.«

Es war wie in der Kirche, wo man auch jene Worte herbeisehnte, die endgültige Erlösung bedeuteten, egal ob man jemandem den Kopf abgehackt oder seine Freundin verlassen hatte, egal ob man um Vergebung bat, weil man noch nicht erwachsen war oder einfach nur zu faul oder zu schwach. Drei Vaterunser, die keiner je überprüfen würde können, und ein heilig gehauchtes *Ego te absolvo* von der besten Freundin oder dem lieben Gott. So einfach war das.

Als Agatha nach ihrer Absolution bei Reini erwachte, brummte ihr der Kopf. Die Aspirinschachtel lag außer Reichweite auf der Waschmaschine im Badezimmer nebenan. Was für eine Nacht. *Ego te non absolvo, ego te absolvo*, es war wie beim Margeriten- oder Gänseblümchenspiel: Er liebt mich, er liebt mich nicht. Wie lange so ein Marsch dauerte, eine Wallfahrt, sei es nach Mariazell oder ins spanische Santiago de Compostela, vom Nichtverzeihen zur Vergebung, vom Vergeben zur Selbstvergebung, die sich dann, ohne Garantie freilich, mitunter einstellte, wusste Agatha nicht zu sagen. Aber offensichtlich war sie fleißig marschiert, durch ihre Gehirnwindungen und Herzkanäle, war gedanklich das Revier abgeschritten, dicht gefolgt von Nummer sieben, der ihr nachschlich, immer wieder ihren Weg kreuzte und ihr von Zeit zu Zeit ein Bein stellte. Der Gedanke an ihn ließ sie nicht los, warf immer noch mehr Fragen auf, als er Antworten lieferte. Doch der Weg ist das Ziel, Agatha, schenken wir dir zu Weihnachten also ein Navigationssystem mit allen Irrwegen und Einbahnstraßen und Umleitungen des menschlichen Lebens, kannst dich dann persönlich bedanken bei deinen Psychosen und Neurosen und Hirnendlosschleifen, dass sie so fleißig und lautlos arbeiten, in der Nacht und in den Nichtmomenten, dass sie vor allem an den Nichtorten zuschlagen, sonst wäre es ja langweilig, das Suchen und Blinde-Kuh-Spielen, glaub uns das, Agatha, glauben Sie das auch, denn unsere Ungläubige glaubt das natürlich nicht, unsere

Stadt-Land-und-Fluss-Heilige kocht gerade Johannisbeermarmelade ein, bis sie schwarz wird.

Was ist jetzt Agatha, verzeihst du ihm oder nicht? Nimmst du sie jetzt, die rote Rose, oder soll er sie sich an den Hut stecken oder ins Knopfrevers? Tust du dir noch ein bisschen selber leid oder ist dir schon alles ganz egal, stehst du jetzt über den Dingen, wir sehen doch, dass du schummelst, dich auf ein Podest stellst beim Fotografieren wie Tom Cruise, damit du bist, was du nicht bist: größer, stärker, besser. Oder sagen wir dir nicht die Wahrheit, steck uns doch deine Hand in den Mund, niemandem kannst du trauen außer dir selber, neigst du schon wieder zum Opfer- oder Rettersyndrom, suchst du schon wieder die Fehler bei dir, weil du zu wenig Eierschwammerl gefunden hast, die dir vor ein paar Wochen noch das Leben gerettet haben, gibst du ihm jetzt eine zweite Chance und dir gleich dazu oder sagst du ein für alle Mal Lebewohl?

Jeder Mensch machte Fehler. Agathas größter war wie gesagt, ihr eigenes Leben vernachlässigt zu haben, ihre Träume, ihre Talente, ihre Lebensfreude, schön langsam, nach und nach, damit sie es nur ja nicht merkte. Sie hatte sich selber verlassen, damals auf dem Flughafen, in einem Flieger in Richtung Berlin, wo sie nie angekommen war trotz gültigem Ticket und einiger Fotoaufnahmen, die das Gegenteil beweisen wollten, trotz einer existenten Lohnsteuerkarte und einiger Menschen dort, die sich auch heute noch an sie erinnerten. Nur Agatha erinnerte sich nicht an sie.

Wie sich ein Fehler definierte, war so interessant wie subjektiv. Dass Nummer sieben vor gar nicht langer Zeit ihre gemeinsamen Jahre hingeschmissen hatte, erschien Agatha nicht als Fehler, sondern als grobe Fehleinschätzung, von einem Schatzmeister, der seinen größten Schatz nicht kannte, von einem Dagobert, der durchs Leben schritt, wie nur echte Comicfiguren das vermochten, ferngesteuert, utopisch, unterhaltsam, zum Beobachten aus der Ferne freilich nur, weil man wurde mitunter schon angezogen, hineingezogen in eine Leichtigkeit des Seins, die nur von kurzer Dauer war, von einer Bar zur nächsten reichte, von einer Freundin zur anderen, von einer Stadt in eine weitere und so weiter und so fort, richtig schlecht wurde Agatha da, die das auch schon alles gesehen und erlebt hatte, Präteritum, die genug hatte vom Fehlermachen, dem eigenen und dem der anderen, für die so ein Mängeldasein einfach nicht mehr passte, wie zu klein gewordene Schuhe oder ein zu großer Pullover, den man gekauft, aber nie getragen hat. Und jetzt, da Nummer sieben seine Meinung geändert hatte, sich reumütig und geläutert gab, war es an ihr, die richtige Entscheidung zu treffen, überhaupt eine Entscheidung zu treffen und aus alten Fehlern zu lernen, sofern das überhaupt möglich war, es besser zu machen, ein für alle Mal herauszuspringen aus der Error-Schleife.

Agatha wollte vergeben: *Ego te absolvo*. Wie einfach, ruhig und oberflächlich so ein Satz dastehen konnte. Wie schwer, schweißtreibend, kräfteraubend so ein Satz sich anfühlte, wenn die Worte zu Taten wurden. Und Agatha schritt zur Tat. Wo sie wohl hinschritt? Was sie wohl vorhatte? Würde die Liebe ein weiteres Mal ihr Untergang oder zum Sieger? Sollten wir ihr kollektiv die Daumen drücken, dass sie sich von ihr befreite, dass sie nicht mehr tausend Haare aus dem Abfluss holte und vom Bettlaken zupfte, damit die Rohre wieder frei würden und die Wäsche rein, müssten wir ihr nicht den Rat geben, die Hoffnung und etwas, was hoffnungslos schien, aufzugeben, war das nicht alles eine Frage der Emanzipation? Agatha war nicht dumm. Und doch fühlte sich ihr Leben an wie der Inhalt jener Damenhandtasche aus einem alten Anzeigensujet der Marke P&S, in der eine Zigarettenschachtel einfach so verschwand, verschluckt wurde von einem Nichts, wie es schwarzen Löchern zu eigen war. Nein, Agatha war nicht dumm. Aber die Liebe war auch nicht unbedingt eine Frage der Intelligenz.

Wenn wir davon ausgehen, dass die innerliche Verabschiedung lange vor dem Kinderspiel beginnt, das keines ist: »Ich packe in meinen Koffer eine Zahnbürste, eine Angora-Unterhose und …«, dann bleibt in so einer Situation nicht mehr allzu viel zu sagen. Ja, was sagt man dann, am Anfang vom Ende, wenn man zu traurig und verbittert ist, wenn man sich verbohrt hat, wenn die Wand eine billige Wand ist, in der kein Nagel stecken bleibt, bei der einem gleich der ganze Schutt entgegenbröckelt, die viel zu dünn ist, im Nachhinein betrachtet, wird doch das Stöhnen schnell von lauten Worten und noch lauterem Türenknallen abgelöst. Was ist, Agatha, spielst du noch mit?

Es ist schön zu wissen, wer man ist und wer man sein möchte. Es ist weniger schön zu wissen, dass man diesen Weg manchmal alleine gehen muss, weil ein jeder sich selber am nächsten steht. Ein jeder bis auf Agatha, die immer noch nicht wahrhaben will, dass individuelle Glücksfindungen mitunter nicht kompatibel sind. Funktioniert so die Welt, dass am Ende nur übrig bleibt, was greifbar ist: ein Plattenalbum, ein Buch, eine Gänseplakette, ein Lebenslauf?

AGATHA WAR VERSCHOLLEN, verschüttgegangen. Seit Wochen suchen wir sie schon. Erst ward sie, lachend wohlgemerkt, bei ihrer Freundin in Grieskirchen gesichtet, dann ertappte man sie beim Gulaschkochen in Wien, nahm beim Kofferpacken und Kistenschleppen Notiz von ihr und hörte sie schließlich sogar kurz Ja-sagen in Las Vegas. So schnell verschoben sich die Parameter, änderte sich eine Weltanschauung, dass oft nur schlecht gemauerte Entscheidungen auf einem Acker zurückblieben, die wie verlassene Ruinenzinken von einem ehemaligen Luftschloss zeugten, das nur in Gedanken existiert hatte, das nie zur Vollendung gebracht wurde. Hatte sie doch tatsächlich Nummer sieben verziehen und ihn, um statt halber gleich doppelte Sachen zu machen, zur Nummer acht befördert. Da staunen wir jetzt aber nicht schlecht. Das hätten wir unserer Agatha gar nicht zugetraut. Auch wenn natürlich jeder weiß, dass Heiraten noch nie eine Lösung war, dass ein Eheversprechen nur im Laborversuch klappte, mit fixen Parametern, ohne unvorhergesehene Einwirkungen von außen. Auch wenn es klar wie Kloßbrühe war, dass man seine Vergangenheit nicht abstreifen konnte, geradezu lächerlich der Gedanke, hihi, haha, hoho. Und so kam es, dass Agatha nach ihrer Blitzhochzeit in Las Vegas und zwei rekordverdächtigen Flitterwochen wieder ins Hadern überging, sich ins Grübeln vertiefte, sich für jene Variante im Leben entschied, die das Gemeinsame über das Eigene stellte, ein Frauenfehler, aus dem alle, nur nicht die Frauen lernten.

Agathas Nummer sieben war zur Nummer acht geworden. Sie hatten Wasser in Wein verwandelt, Ja gesagt und spielten nunmehr aufs Neue tagaus, tagein Stadt, Land, Fluss, blieben allerdings, ungeschickt, wie sie waren, stets beim Buchstaben W hängen, W wie Weinen, W wie Wurstelprater, Wichserblues, Wahnsinn, Wien, als ob das Alphabet nicht dreiundzwanzig Alternativen geboten hätte. Hier war sie also abgeblieben, hatte sich in eine Ehefrau verwandelt und eine Wohnung auf Vordermann gebracht, die einem Puppenhaus vergangener Tage glich, voll mit alten Fragen und Mustern, bekannten Kratzern und Mauerlöchern, die fein säuberlich übermalt wurden, gleich mehrmals, vielschichtig, doch egal wie deckend sich die Innendispersion auch preiste, ein kleiner Schimmer der alten Tapete, eine bunte Ahnung vergangener Anstriche war geblieben, würde immer bleiben. Trotz festgeschriebener Versprechungen, beabsichtigter Vorsätze und versicherter Treueschwüre, trotz Neuanfang, Reunion, Ehebündnis – Agatha und Dreibein waren die Alten geblieben. Am besten sie fanden sich gleich damit ab, am besten, sie akzeptierten diesen Zustand und ließen sich maximal vom lieben Gott bemitleiden, falls der noch mit ihnen verkehrte, der liebe Gott war sowieso an allem schuld, so wie immer auch die Eltern an allem schuld waren, sollte er sich doch mit ihren Sorgen und Gedanken und Wünschen und Hoffnungen herumschlagen und auseinandersetzen, sie setzten sich erst einmal hin. Agatha und Nummer acht setzten sich hin und warteten. Vielleicht auf bessere Zeiten.

Der Oktober neigte sich dem Ende zu, ihre Koch- und Linzpläne waren verblasst, hatten ihren ursprünglich kraftvollen, geradezu euphorischen Glanz eingebüßt, auch wenn der Kursbeginn mit Mitte November unausweichlich im Kalender stand. Mit einer Käsleberkässemmel in der Hand überquerte Agatha den Heldenplatz, auf dem diverse Hunde wahllos in die Gegend kackten, schritt an Büschen und Sträuchern vorbei, die genauso unregelmäßig und schütter in alle Himmelsrichtungen wucherten wie das Leben dahinter, hinter den ehrwürdigen Mauern einer Burg, der keiner mehr den Hof machte. Ein langer Tag, sie war nicht recht vorangekommen, mit ihrer Herbergssuche in Linz, ihren Sauce-Hollandaise-Übungen, Hühnchenentbeinungsproben, Crêpe-Suzette-Gehversuchen und ihren Stimmungslagen, fühlte sich verbraucht, schwach und müde, und Wien, das auch hätte Berlin sein können, gab ihr den letzten Rest. Spiel, Satz und Sieg oder aus Agathas Perspektive: Spiel, Satz und Niederlage. Viel zu laut war es für ihre Ohren auf den Straßen, schnell, grell, groß, die U-Bahnen hoffnungslos überfüllt, heiß, klebrig, stickig und Agatha mitten drin, überbordend, gierig, machtlos, fehlte nur noch ein handbeschuhter Angestellter, der wie in Japan immer noch zwei, drei Leute in die Wagons stopfte. Als sie schließlich wie verabredet kurz vor sieben auf Nummer acht traf, der vor Lebenskraft strotzte und für ihre Schwächen auch an jenem Abend nur ein Lächeln übrig hatte, war die Dissonanz des Abends vorprogrammiert. In der Innenstadt hatte eine neue Bar eröffnet, die Dichte an Werbern, Marketingleuten und C-Promis war entsprechend hoch. Und während er fleißig Hände schüttelte und mit seinen Auftraggebern auf vorhandene und zukünftige Erfolge anstieß, ließ sie ihre nur fleißig schütteln und trank sich in den Schlaf. Ein weiterer Streit, eine nächste Disharmonie, eine hinzukommende Meinungs- und Gefühlsverschiedenheit. War es nicht die Freiraumdebatte oder das Aufmerksamkeitsdefizit oder Nummer achts Jobverpflichtungen, so trugen mit Verlass Agathas Verlorenheit und Stimmungsschwankungen dazu bei, um einen ganz normalen Abend, noch bevor die Turmuhr zwölfmal schlug, zum Kippen und zum Einsturz zu bringen. Ein vorhersehbares Rollenspiel, eine absehbare Tragödie in immer der gleichen Besetzung, mit immer den gleichen Akten, deren Text unsere beiden Protagonisten bereits in- und auswendig kannten, eine Litanei freilich, die zum Haareraufen war, zum Fingerabhacken, zum Wahnsinnigwerden. Was war nur los mit ihnen, warum schafften sie es, zwar jeder für sich im leeren Raum neu zu funktionieren, kaum aber, dass ihre beiden

Mikrokosmen aufeinandertrafen, wieder zu absoluten Anfängern zu werden. Wo waren sie geblieben, die ganzen Vorsätze und Liebesgeständnisse und Einsichten und Versprechen, wo waren sie abgeblieben, hingeflogen, in einen Gulaschkessel, in ein Träumchen-schüttel-dich-Land, Peter Pan besuchen? Nummer acht saß zwischen den Stühlen, rollte mit den Augen, wollte sich in Luft auflösen, die Leichtigkeit des Seins genießen, die sich mit der nur fünfzig Kilo schweren Agatha trotzdem wie Blei anfühlte, wollte geliebt werden, so wie er war, respektiert, umarmt, verstanden, wie auch sie mit ihren Ecken und Kanten und Unzulänglichkeiten geliebt werden wollte, wer wollte das nicht, konnte man es ihnen verdenken, doch er wurde zunehmend unsicher, traurig, geknickt, verlernte das Sprechen, damit andere Worte fanden, vor allem unsere Agatha, und sie wurde immer lauter, launischer, unberechenbarer, obwohl sie das gar nicht wollte, doch wie weit würde das und würden sie noch gehen und vor allem wohin, außer gutmütig zu Grunde. Sie schafften es nicht, wieder und wieder nicht, konnten nichts anderes, als sie selber sein, sich selber sehen, den alten Pfaden folgen, ihren Emotionen mit Unverständnis und Unfähigkeit gegenüberstehen, sodass aus dem einseitigen Reden ein beiderseitiges Schweigen wurde, das sicher nicht golden glänzte und aus einer simplen Aussage einen Todespfeil, aus einer gut gemeinten Erklärung ein Wurfgeschoss und aus hilfesuchenden Blicken ein Minenfeuerwerk machte.

Gute Voraussetzungen für ein Gespräch über Körperlichkeiten, denn selbst der Sex funktionierte nicht mehr. Sagen Sie Ihrem Freund oder Ihrer Freundin, wenn ohnehin schon alles in Schieflage ist, dass Sie sich unbefriedigt fühlen, frustriert, vernachlässigt. Eine gute Idee ist das nicht. Und doch konnte Agatha den Mund nicht halten, kam nicht zur Ruhe, war nach wie vor aufgewühlt, zerknittert, traumgeplagt, unaufgeräumt, unausgeglichen, schaffte es und schaffte es nicht, den gordischen Knoten, der ihr Leben war, zu entwirren, ihn entzweizuschneiden, die selber auferlegten Fesseln zu lösen. Und sie hasste sich dafür in einem Maße, wie man sich nur selber hassen konnte.

Ein geradezu lächerliches Verhalten, das die beiden da an den Tag legten, unfähig, den anderen zu nehmen, wie er war, aber vielleicht verhielt es sich genauso in ihrem Leben, dass Veränderung sich als Vorsatz tarnte, dass der Wille nur von kurzer Dauer war, nicht reichte, zur Disziplin oder für einen Kampf mit der Zeit. »Ich halte das nicht mehr aus«, sagte Agatha zu sich, mittlerweile wieder jeden zweiten Tag, sobald sie erwachte, um genau zu sein schon kurz vor dem Erwachen sogar, denn ihr Kopf war wieder einmal schneller und fing bereits zu denken an, bevor ihre Äuglein die Jalousien hochzogen. »Ich halte das alles nicht mehr aus«, dachte Agatha auch an diesem Morgen und »alles« bezog sich im konkreten Fall auf eine funktionstote Bankomatkarte, die es ihr seit Tagen unmöglich machte, an Bargeld zu kommen. Viermal schon hatte sie den Missstand einer ständig grinsenden Bankpraktikantin zu erklären versucht, der sie am liebsten eigenhändig den Kopf abgehackt und das Grinsen aus dem Gesicht gesprengt hätte, weil wer bitte schön (Sie vielleicht?) darf ständig ungestraft Ja sagen und dabei Nein meinen. »Mit mir nicht, mit mir hat es sich ausgegrinst«, schrie Agatha, der die Nerven durchgingen und deren Hirnbilderbuch nur noch Atombomben und Schreiorgien und Schlammschlachten und Mähdreschmaschinen zeigte. Agathas Generalisierungen meinten auch nicht funktionierende Internetanschlüsse, nicht zahlende Versicherungen, nicht erreichbare Ärztinnen und alt werdende Eltern. Da Psychopharmaka und

Alkoholkonsum am frühen Morgen längst keine in Frage kommenden Lösungen mehr waren, würde sie sich einfach so abregen müssen. Alleine.

Wer die grosse weite Welt kannte, würde sich bestimmt nicht ausgerechnet Linz für seinen nächsten Lebensabschnitt aussuchen, diesen Flecken überschaubare, kleinkarierte, oberösterreichische Provinz, wo nicht mehr nur die Donau blau war. Außer man hatte keine Wahl. Außer vielleicht man hatte in einem schwachen Moment entschieden, einen neuen Berufsweg einzuschlagen, der sich aus zeitlichen und organisatorischen Gründen nur hier realisieren ließ.

Mit den Suppentöpfen und dem Karottenschnipseln kehrte wieder Leben in Agatha ein. Die Kochausbildung hatte begonnen. Sie war am Morgen die Erste in der Ausbildungsküche und am Abend die Letzte, die sie verließ. Hochkonzentriert und gespannt lauschte sie jedem einzelnen Wort ihres Küchenchefs, mit Adlerblicken verfolgte sie seine Handbewegungen und Ausführungen, mit Stolz trug sie ihre weiße Jacke und karierte Hose zur Schau. Agatha sautierte, parierte, pochierte, degraissierte, als ob es um ihr Leben ginge. Sie hatte sich ein kleines Häuschen mit Garten am Stadtrand von Linz gemietet und dort Kräuter, Gemüse und neue Freundschaften gepflanzt. Zwar saßen sie und Nummer acht weiterhin im Zug fest, investierten sogar in eine Bahncard, flohen regelmäßig zu den Kühen aufs Land und vor den Kühen wieder davon, schrieben Briefe, die sie leider nicht an sich adressierten, dabei sollte man sich öfter einen Brief schreiben, aber ihr emotionales Auf und Ab, ihr geografisches Hin und Her waren auf Dauer doch recht kräftezehrend, das Pendeln zwischen Oberösterreich und Wien, das Sich-nicht-festlegen-Wollen oder -Können, die fadenscheinigen Ausreden und waghalsigen Hintertürchen gestalteten sich in der Praxis langatmig und anstrengend.

Mehr als einmal kam es vor, dass Agatha am Bahnhof stand, mit ihrem Laptop, einer gepackten Reisetasche, deren Inhalt locker für drei, notfalls für fünf Tage reichte, ihrer Handtasche mit allen wichtigen Dokumenten und lebenserleichternden Utensilien darin, vom Pass zum Auswandern bis zur Reserveunterhose zum Verweilen, und nicht wusste, ob sie in den Zug steigen oder dableiben und gar nicht erst wegfahren sollte, weil es keinen Unterschied machte, weil die Option eins der Option zwei ebenbürtig und die zu erwartende Aussicht östlich wie westlich gleich viel oder wenig verlockend war. So weit und nicht weiter war es also her mit dem neuen Leben der Agatha, so weit war es nun gekommen, dass sie erst recht ins Wanken geriet bei ihren Schritten, weil eins ihrer Beine im Gallert vergangener Tage feststeckte und es sich nun mal nicht unbeschwert wanderte, wenn das Tafelsülzchen noch an den Hacken klebte.

Es hatte schon den ganzen Tag geregnet in Linz, und auch wenn Agatha geschickt durch die Tropfen und zwischen den Tropfen hindurchbalancierte, so hatte sie die permanente Berieselung doch aufgeweicht, zittrig gemacht. Die herrliche Kruste der Crème brûlée, die sie sich in den letzten Wochen eigenhändig und liebevoll mit dem Bunsenbrenner zugefügt hatte, verlor durch das permanente Herunterprasseln der schweren Tropfen (es regnete ja nicht nur in Linz, nein überall in Österreich, vor allem in Wien) an Knackigkeit und Farbe. Immer öfter drückte sie sich vor einem Wiedersehen mit Nummer acht, blieb lieber, wo sie war, und verbrachte auch ihre freien Tage auf dem Land.

Agatha machte Fortschritte und erlitt Rückfälle, kochte sich ins Glück und wirbelte sich gleichzeitig ins Unglück hinein, obwohl sie dieses noch gar nicht vollständig hinter sich gelassen hatte. Aber man konnte sich eben nicht zweiteilen im Leben und man konnte sich nicht ignorieren und die innere Stimme, die permanent ihren Mund offen hatte, wenn man nur hinhörte, wenn man nur hören wollte, schon gar nicht, und so kam sie schließlich zu dem Schluss, dass, wenn sie nicht wie Don Quijote ewig gegen Windmühlen kämpfen wollte, eine Entscheidung würde treffen müssen, früher oder später freilich, denn sie konnte sich davor auch so lange drücken, bis es (wieder mal) zu spät war.

Heute drückte sie sich noch, ließ sich stattdessen ein Schaumbad ein – ein ziemlicher Luxus, wenn man wochentags für so etwas Zeit hatte, während andere Leute Kunden befriedigten oder Trachtentücher designten oder Romane schrieben oder Extrawurst verkauften, aber ihr Küchenchef war bei einer wichtigen Tagung im Ausland und hatte ihr zwei Tage freigegeben. Draußen war es kalt und regnerisch. Ihr Freund Martin Muli, ihr Ritter von der traurigen Gestalt, war zu Besuch gekommen, um Agatha im Kampf gegen schwarze Löcher und gefühlswindbetriebene Mühlenräder beizustehen, und saß nach getaner Arbeit mit einer Tasse frisch gebrühtem Kaffee auf dem Kachelboden neben der Badewanne, fütterte mal sie, mal sich selber mit gebratenen Spiegeleiern, Schwarzbrot und gekräuselter Petersilie, was eine gute Alternative zu ihren geschundenen, strapazierten, nicht mehr ganz so frischen Menschenherzen darstellte, die freilich in gegrillter Version mit etwas Majoran, Salz und Pfeffer auch eine Möglichkeit gewesen wären, vor allem in Zeiten, in denen Krieg herrschte. Und während sich Agatha beim erbaulichen Plauderstündchen mit ihrem Besuch noch fest geschworen hatte, endlich einen Entschluss zu fassen, was die Beziehung mit Nummer acht betraf, und diesen nicht wieder über Bord zu werfen, nur weil auf ihrem Ringlein Diamanten blitzten, schien es ihr, kaum dass ihr Gast zur Tür hinaus war, auch schon wieder leichtsinnig und verfrüht, sodass sie spontan beschloss, doch noch etwas Gras über die Sache wachsen zu lassen, der Sensenmann würde früh genug kommen und die saftlosen, novembergrauen Hoffnungswipfel, -halme und -sprossen dem Boden gleichmachen.

Man könnte also sagen, alles war gut oder, zumindest, alles hätte gut sein können, doch Sie sehen ja selber, Agatha wollte und konnte es nicht ganz gut sein lassen, dachte und dachte und es war nie genug. Ging es ihr darum, nicht zu scheitern, sich das Auf-immer-und-ewig nicht nehmen zu lassen, wollte sie sich etwas beweisen, indem sie durchhielt und in Nummer acht einen Menschen sah, der er nicht war und nie sein würde, war ihr erneut der verflixte Urfehler unterlaufen, ihren Freund verändern zu wollen, störte sie plötzlich wieder alles an ihm, was sie einmal sexy fand, hatte ihre Wahrnehmung die Begrifflichkeiten verändert: seine Unbeschwertheit = Oberflächlichkeit, seine Offenheit = Studentenleben, sein kreatives Chaos = Dreckschwein, seine Zurückhaltung = Schwäche, seine Sensibilität = Angsthase, seine Geduld = Schlappschwanz, konnte er ihr wirklich nichts mehr recht machen, wollte oder konnte sie seinen Worten ein weiteres Mal nicht mehr glauben, hatte sie ihm überhaupt jemals geglaubt, sollte sie nicht endlich aufhören, schlecht von ihm zu denken, nur an sich zu denken?

Stattdessen schrieben sie sich weiter Agatha-und-Nummer-acht-Briefe, die genauso gut Agatha-und-Nummer-sieben-Briefe und also fast drei Jahre alt hätten sein können, erschraken dabei zu Tode, traten Jahr und Tag auf der Stelle, blieben die neuen Alten und alten Neuen, lernten schon wieder nicht dazu, waren nicht sie selber und nicht existent, hatten vom Lieben und Kompromisseschließen genauso wenig Ahnung wie vom Seelenheil oder Kinderkriegen, wussten nicht, was gut für sie war, waren viel zu sehr mit den eigenen Problemen und Ansichten beschäftigt, als die des anderen gelten zu lassen. Man mag ihnen gar nicht mehr zuschauen, würde am liebsten nur noch die Augen schließen, davonrennen und der ganzen Sache ein Ende bereiten, aber das müssen die beiden schon alleine schaffen.

Bist du jetzt mutig oder bist du feige, Agatha, sollen wir dich als Schinken servieren oder doch als kleines Amuse-Gueule zum Vorspiel in goldenem Stanniol, im Hotel Orient vielleicht, wo man sich aufgrund der ausgefeilten Spiegeltechnik selber in der dritten Person zuschauen kann, wenn man das möchte, Sie wissen schon wobei, sag es uns, Agatha, sag es doch endlich:

»Immer wenn du bei mir bist, lösen sich meine Grenzen auf.«
»Immer wenn ich bei dir bin, bin ich nicht mehr da.«
»Immer wenn du bei mir bist, ist das Leben schwierig.«
»Immer wenn ich bei dir bin, fällt mir nichts leicht.«
»Immer wenn du bei mir bist, macht mich das traurig.«
»Immer wenn ich bei dir bin, vergeht mir das Lachen.«

Sei ein Mann, gesteh dir ein, dass er dir nicht guttut, dich am Leben hindert, dir die Zukunft nimmt, alles komplizierter macht, anstrengender, für dich, freilich nur für dich, warum hörst du nicht auf, warum lässt du nicht los, warum beharrst du auf deinem Untergang, doch nicht aus Liebe?
Das war doch nicht so schwer. Manch eine blieb besser alleine, denn nur alleine war man stark und kraftvoll, manch eine

löste sich auf in der Liebe, mit all ihren Ideen und Plänen und ihrer Einzigartigkeit, die nun mal jedem Menschen beschieden waren auf Gottes Erden, weil sich der liebe Gott gerne großzügig zeigte, dem einen Verstand gab, einem zweiten Güte und wieder einem anderen Dunkelheit, aber nie in Kombination, immer nur einzeln, was ja auch Sinn machte, wenn das Dasein auf Untergang ausgerichtet war.

Warum gehst du nicht deinen eigenen Weg, warum erschießt du ihn nicht, deinen siamesischen Andockpartner, deinen Herzparasiten, wo doch nur ein Herz da ist, nimm du es doch, warum soll er nicht sterben, du liebst ihn doch gar nicht mehr, deine Liebe ist Hass, und was er unter Liebe versteht, versteht dein Verstand nicht. Ist es die Angst vor dem Alleinsein, die dich plagt, das Loch, das dunkle, die Normalität, die dich erwartet, der Augenblick der Ohnmacht, der kommt, sind es die Nächte in einem zu großen Bett, die Albträume, die Toten, ist es die Holzhacke in der Scheune, die bereit steht, wofür auch immer?

Dass auf Nummer acht kein Verlass sein würde, war klar, aber du, Agatha, in deiner heiligen Welt, in der nur theoretisch die Türen geöffnet sind, nicht aber, wenn man genauer hinsieht, anklopft, eintreten will, dann nämlich vor einem Geschlossen-Schild landet, einem Schild mit der Aufschrift »Bin kurz weg«, du verlangst Geduld und Verständnis, du, die kein bisschen darüber verfügt, du, die Ungerechte, Aufbrausende, Unausgeglichene, Komplizierte, du stehst deinem Freund in nichts nach, bist borniert, zementiert, schreibst ganz am Anfang schon Abschiedsbriefe, sagst leichtfertig Auf Wiedersehen, kokettierst mit dem Wahn der Welt, schlägst um dich und ein auf ein Herz, das nur für dich geschlagen hat, das nur für dich schlägt. Du bist eine hysterische Kuh, Agatha, kannst dich gleich ganz hinten anstellen in der Reihe der Gestörten, es gibt auch andere Menschen, die heulend vor einem Badezimmerspiegel stehen und es nicht wagen, ihre Gedanken auszusprechen, weil sie Ende heißen oder Lebewohl meinen, alle haben sie ihre Probleme – mit der schlechten Rübenernte, zu großen Mähdreschern oder verlorenen Töchtern, Söhnen.

Bist nicht in Wahrheit du diejenige, die nicht lieben kann, nicht vertrauen, nicht glauben und hoffen und verzeihen, die ihm neben den Schuhen auch die Vergangenheit nachgetragen hat, die immer noch nicht herausgefunden hat, wer sie eigentlich ist und wer sie sein möchte? Liegt es nicht vor allem an dir, dich zuallererst einmal selber zu lieben, zu definieren, deine Zweifel, dein Zaudern, dein Zögern abzustreifen? Du redest und redest und hörst uns nicht zu und dir auch nicht, und was heißt das jetzt, heißt das, dass zwei Menschen manchmal einfach nicht füreinander geschaffen sind, dass sie es nicht schaffen, dass es in der Liebe nicht um Gefühle geht, sondern um Geduld und Aufmerksamkeit und Respekt und darum, dem anderen Platz zu machen, Raum zu geben, Zeit zu lassen, ihn in den Arm zu nehmen, festzuhalten, loszulassen, willkommen zu heißen, zu vergeben, zu vergessen, wir warten auf Antworten, Agatha, du langweilst uns schon.

Wenn zwei Menschen wie Agatha und Nummer acht mit vierzehn von einer Pubertät heimgesucht wurden, die sich mit achtzehn in eine Nachpubertät wandelte, die bis dreißig andauerte, um dann nahtlos in die Midlife-Crisis überzugehen, dann waren das ganz bestimmt nicht die besten Voraussetzungen für ein Bis-dass-der-Tod-sie-scheidet. Die Liebe sollte bessere Menschen aus uns machen. Doch Agatha wollte kochen und machte ihn zum Koch, Agatha wollte aufs Land und setzte ihn auf den Traktor, Agatha wollte Zeit und stahl ihm seine.

Es ließ sich schlecht über eine gemeinsame Zukunft sprechen, wenn einer bereits eine hatte und eine andere noch nicht.

Lassen Sie uns zusammenfassen: Exakt zwei Jahre, elf Monate und drei Tage ist es jetzt her, dass unsere Protagonistin auf Nummer sieben traf, sich die Brüste abschnitt und (in Wien, Berlin und anderswo) immer mehr zu Agatha wurde. Ein halbes Jahr ist es her, dass es zum Super-GAU kam, zum tragischen Unfallcrash, zum ultimativen Zusammenbruch, zum Totalschaden der Extraklasse, bei dem Agatha aus ihrem Leben katapultiert wurde (und zur Genesung in ihr Elternhaus flüchtete), um zwei Monate später in ein theoretisches Konstrukt desselben zurückzukehren, gekrönt von einer überstürzten Ehe. Sechs Wochen ist es her, dass Agatha wieder einmal die Reißleine zog, Reißaus nahm und augenscheinlich nach Linz übersiedelte, um zwischen einer Stadt und einem Land, einem Freund und einem Feind, einem Schlaraffenland und einer Durststrecke, einem Traum und einer Gewohnheit, einer Hoffnung und einer Verzweiflung erneut entscheidungsunfähig, unmündig, verunsichert vor sich hin und hinter sich her zu steuern, verzeihend wie nachtragend, offenherzig wie blind, gleichzeitig lebend und sterbend. Jeden Morgen schneiderte sie sich erneut ihre Form, zimmerte sie sich ihren Platz zurecht, kochte sie ihr Süppchen, spielte Gott, der in ihrem Fall kläglich versagt zu haben schien oder einfach nur grausam war, denn schön war das nicht, wenn immer wieder quasi in Endlosschleife nichts vom Tage übrig blieb, wenn jeden Morgen erneut Ground Zero vorherrschte und sämtliche lebensnotwendigen Botenstoffe und Körpersäfte zusammengebraut werden mussten, als wäre Agatha eine Mischmaschine auf einer Baustelle.

Womit hatte sie das verdient, unsere Agatha, jeden Morgen aufs Neue unruhig aufzuwachen, dabei die Augen bewusst geschlossen zu halten, weil solange diese zu waren, noch kein Anlass zum Handeln bestand. Der Moment der Aktivität ließ sich, wenn auch nur für Minuten, hinauszögern, aber das Leben an sich war unausweichlich und unumgänglich, das Leben ließ sich nicht verschieben, und obwohl sie sich dessen bewusst war, versuchte sie es wieder und wieder.

Wer zu viele Möglichkeiten hatte, hatte letztendlich keine. Und wer es gewohnt war, über Jahre hinweg autonom zu denken und zu handeln, musste früher oder später ins Straucheln kommen in einem Wir, in einer Zweisamkeit, in der man letztendlich auch alleine war. Verweilte Agatha ohne Nummer acht auf dem Land, war sie physisch eine einzelne, dafür ganze Person, blieb sie an seiner Seite in der Stadt, war sie zwar zu zweit, aber real betrachtet bisweilen auch nur halb und zudem ohne Gurkenernte und Enzian. Schritt sie hochhackig neben ihm durch ein Museum, fühlte sie das Wir, aber das eigene Ich nicht, stapfte sie gummistiefelbewappnet über einen Acker im Mühlviertel, spürte sie zwar ihre Nabelschnur, nicht aber die Berührungen seiner Hand, die seit fast drei Jahren ihr Herz umklammerte. Füllte sie Rebhühner mit Maroni-Salbei-Knödelmasse und untersagte sich das Zweifeln, das ihr zweiter Vorname war, funkelten zwar ihre Augen wieder, aber ob das für ein eigenes Leben reichte, wusste jetzt auch keiner zu sagen.

So gerne wäre sich Agatha einmal in ihrem Leben sicher gewesen, mit allem Drum und Dran: einer Garantie, einer

Versicherung, einer Einbauküche, einer Kochjacke, ein paar Zeugen und eindeutigen Zeichen, einem Ewigkeitsschwur, doch spätestens seit Las Vegas musste sie sich schmerzlich eingestehen, dass es etwas wie Sicherheit gar nicht gab, dass diese, wenn überhaupt, nur in ihr zu finden war.

Wie soll es denn jetzt weitergehen, Agathalein, uns reicht es nämlich schön langsam mit dir, sollen wir dir einen Brief schreiben, sollen wir dich anrufen, sollen wir dir ein Lotterielos schenken, einen noch größeren Spiegel, als du ohnehin schon hast, damit du endlich der Realität ins Auge blicken kannst, damit du dich nicht mehr länger davonschielen musst, davonstehlen? Läufst du jetzt wieder deinem Freund davon, die Berge hinauf, die Straßenschluchten entlang, die Kellertreppe hinunter oder gewährst du uns heute gnädigerweise eine Audienz in deinem Hirnkasten, redest mit uns, allen voran mit deinem Weggefährten, deinem Liebhaber, deinem Freund, der endlich einen Namen bekommen sollte, weil Respekt mit dem Benennen von Zuständen und Befindlichkeiten anfängt, weil selbst ein streunender Hund irgendwie heißen muss, um existent zu sein.

Vielleicht lag die ganze Wahrheit darin begründet, dass man einen Menschen nicht ändern konnte oder, besser gesagt, dass man einen Menschen gar nicht ändern wollen sollte. Vielleicht war die Wahrheit aber auch, dass es keine Wahrheit gab. Und das Leben einfach aus einer Abfolge gemischter Sätze bestand, die sich mal mehr, mal weniger sinn- und kunstvoll zusammenfügten und die es jedes Jahr aufs Neue zu ernten, verkosten und hinunterzuschlucken galt. Egal wie preisgekrönt, wermutgetränkt oder ungenießbar die Tropfen auch waren.

Agatha wusste nicht, was letzten Endes für sie besser war, sich richtiger anfühlte: das Alleinsein oder ein

Kommen-Sie-zu-zweit. Sie wusste es genauso wenig wie in jener Nacht, als Nummer sieben die zehn folgeträchtigen Stufen zur Tanzfläche heruntergeschritten, auf sie zugeschritten kam und sich in ihre Geschichte hineinschrieb, Seite für Seite, bis ihm die Tinte ausging und nicht mehr viel zu erzählen blieb. Sie hatte reichlich Zeit gehabt, da wollen wir uns einmal nicht beklagen – zum Nachdenken, zum Innehalten, zum In-sich-Hineinhören, zum Entschlussfassen und Mutigwerden. Nicht genug freilich, wann war es schon genug, aber doch mehr als so manche andere. Doch vieles im Leben nahm erst durch das Ausprobieren Konturen an, wollte geübt und wiederholt werden und verschwand, selbst wenn man brav und fleißig war, mitunter einfach im Himmel der unausgegorenen Ideen, im Fegefeuer der nagenden Zweifel, in der Hölle der finsteren Hoffnungslosigkeit.

Als der Winter ins Land zog, sahen sich die beiden so gut wie gar nicht mehr, wussten nur wenig voneinander, hatten keine Lust zum Reden, und wenn man nicht miteinander redete, kam irgendwann automatisch der Punkt, an dem man sich nichts mehr zu sagen hatte. Der Tag, an dem das Bedürfnis nachließ. Der Tag, an dem man sich abfand. Der Tag, an dem man aufgab.

Wird sie es also schaffen, unsere Agatha, wird sie Lebern häuten und Kutteln auslassen und Blutwürste füllen? Wird sie weiße Knöpfe auf einer weißen Weste tragen und um fünf Uhr früh nach rohem Fisch riechen? Wird sie es wagen, eine Erziehungsvergangenheit, die auf Sicherheit ausgerichtet war, mit einer Selbstbestimmtseinszukunft fortzusetzen? Werden ihre Kinder dann weniger Angst haben und Nerven, die aufgrund von Schokoladenglasur und Grammelschmalz beruhigter arbeiteten, die sich dann nicht mehr anfühlten wie das frühmorgendliche Entleeren der Glassammelbehälter? Wird sie den Jakobsweg gehen, sich in einen anderen verlieben, einen, der besser passte, weil er vielleicht ein Bauer war und Kummer nicht gewöhnt? Oder wird sie bis an ihr Lebensende unruhig, traurig, orientierungslos durch einen Winter stapfen und sich ein Bein stellen, weil ihr die vielen Möglichkeiten alles unmöglich machten? Wusste sie es schon? Wir wissen es nicht. Aber wir drücken ihr doch die Daumen.

MAN KONNTE VOM Jahreswechsel halten, was man wollte, für Agatha war die Nacht vom 31. Dezember auf den 1. Januar eine Befreiung, ein denk- und ehrwürdiges Ereignis, an das sie sich auch in zwanzig Jahren noch erinnern würde, eine persönliche Lebenssituation gepaart mit einem unbeschriebenen Kalender, die Anstoß gaben und Zuversicht.

Agatha fühlte sich mutig, frei und unbeschwert. In drei Wochen würde sie den ersten Teil ihrer Ausbildung zur Köchin beenden und im Februar bereits mit dem Aufbaukurs beginnen, sodass sie, wenn alles nach Plan lief und sie die obligatorischen Zwischenprüfungen bestand, im März als frisch gebackene Köchin und Grande Dame der Suppentöpfe, Königspasteten und Kaisergranaten glänzen würde. Agatha war so weit gegangen und hatte so viel gesehen, dass sie jetzt die Augen zulassen konnte beim Vorwärtsschreiten, so sicher kam sie des Weges daher. Wer einmal erlebt hatte, wie es war, als Akrobat ganz ohne Sicherheitsnetz zu existieren, der musste auf die Meinung anderer Leute keine Rücksicht mehr nehmen. Agatha wickelte sich in die flauschige Wolldecke ein und stapfte in die sternenklare Nacht hinaus, vor ihr nur weites, weißes Land und ihre Atemluft, die aufgrund der Eiseskälte sichtbar Zeugnis ablegte, dass sie am Leben war, mehr war als nur am Leben. Es war nach Mitternacht, die letzten Feuerwerksfunken hatten sich am Horizont in Luft aufgelöst. Agatha war nicht untergegangen, sie hatte es geschafft, loszulassen, nicht mehr krank zu werden um die Nabelschnur herum, glücklich zu sein. Zurück in ihrem Häuschen nahm sie eine ausgiebige Dusche, wusch sich die Haare, ließ eine Pflegepackung einwirken, um sie besser kämmbar zu machen, rasierte sich in der Zwischenzeit die Beine und zog schließlich ihre neue Unterwäsche an, die sie extra gekauft hatte, vielleicht in der Vorahnung, dass es einen Grund zum Feiern geben würde. Agatha putzte sich die Zähne, schminkte sich die Augen blau, zog eine winterfeindliche Netzstrumpfhose an, schlüpfte in ihr blaues Hängerkleidchen und prostete sich und ihrem neuen Leben zu. Ein derart bedeutendes Silvester ließ sich nur alleine feiern.

Sie musste sich nichts mehr beweisen. Sie würde sich selber glücklich machen und nicht wie früher darauf warten, dass ein anderer diese Rolle übernahm, letztendlich nur eine Nummer, auf die man zählen konnte, sieben, acht, neun, zehn, oder auch nicht. Agatha war in ihrer Realität angekommen, hatte einen Strich gezogen, keinen geraden zwar, und ihren Faden gefunden, wenn auch keinen roten. Nein, sie grämte sich nicht, ärgerte sich nicht, weinte nicht mehr, ging stattdessen weiter, ohne sich gehen zu lassen. Keine Liebe der Welt war es wert, zu verrecken.

Wer einmal knietief in der Scheiße stand (und leider lässt sich an dieser Stelle kein weniger aggressives Synonym verwenden, Morast oder Sumpf oder Kloake etwa, weil auch der gemeinte Zustand ein wirklich primitiver ist), wem nach monatelangem unruhigen Schlaf, nach nächtelangem

Hin- und Herwälzen endlich klar wurde, dass die letzte Entscheidung nahte und mit ihr die Chance, diese selber zu treffen, mitzuentscheiden und sich nicht passiv einer Veränderung hinzugeben, der hielt sich gerne an Samuel Beckett und sagte: *Ich kann nicht weitermachen, ich werde weitermachen.*

Hier stand sie also, unsere Agatha, alleine, vor ihrem Linzer Zuhause, und freute sich des Lebens. Es schneite. Es schneite in großen, luftigen Flocken in ihr Leben hinein. Sie wollte keine andere mehr sein als die, die sie geworden war, wollte sich nicht länger Agatha nennen, sich wieder Brüste wachsen lassen, wie andere Eier. Agatha war Vergangenheit – nur so hatte sie eine Zukunft. Agatha war Geschichte – nur so würde sie Geschichten schreiben und erzählen können. Sie würde endlich wieder sie selber sein, unverändert, störrisch, wie am ersten Tag, an dem sie sich schon im Mutterleib querstellte und mit der Zange geholt werden musste, sie würde sich nicht mehr verändern und verbiegen lassen, vielleicht bestand die Herausforderung im Leben genau darin, sich mit dem abzufinden, wer und wie man war, sich in seiner speziellen Art und Weise zu begreifen, zu akzeptieren und schließlich auch zu akzeptieren, dass ein anderer war, wie er war, und weder eine Agatha noch eine Nummer acht das Recht hatten, sich gegenseitig zu ändern. Sie blätterte zur letzten Seite des Scheidungsvertrags und setzte zur Unterschrift an. Das Scheiden tat nicht mehr weh. Es war ganz einfach: Das Leben war gut.